Motrat e Mbrapshta

Motrat e Mbrapshta

Aldivan Torres

aldivan teixeira torres

CONTENTS

1

Vizitë në qytetin e Pesqueira

Motrat e Mbrapshta
Aldivan Torres
Motrat e mbrapshta

Autor: ***Aldivan Torres***

Aldivan Torres, Fallxhore, është një artist letrar. Premton me shkrimet e tij për të kënaqur publikun dhe për ta çuar drejt kënaqësive. Seksi është një nga gjërat më të mira që ekziston.

Dedikim dhe falënderime

Ia dedikoj këtë seri erotike të gjithë dashnorëve të seksit dhe perversëve si unë. Shpresoj të përmbush shpresat e të gjithë mendjeve të çmendura. E filloj këtë punë këtu me bindjen se Amelinha, Belinha dhe miqtë e tyre do të bëjnë histori. Pa u zgjatur më tej, një përqafim i ngrohtë për lexuesit e mi.

Lexim i aftë dhe shumë argëtim.

Me përzemërsi, autori.

Prezantim

Amelinha dhe Belinha janë dy motra të lindura dhe të rritura në brendësi të Pernambuco. Vajzat e baballarëve të fermave dinin herët se si t'i përballonin vështirësitë e ashpra të jetës së vendit me një buzëqeshje në fytyrë. Me këtë, ata po arrinin fitoret e tyre personale. I pari është një revizor i financave publike dhe tjetri, më pak inteligjent, është një mësues bashkiak i arsimit bazë në Arcoverde.

Edhe pse janë të lumtur profesionalisht, të dy kanë një problem serioz kronik në lidhje me marrëdhëniet, sepse kurrë nuk e gjetën princin e tyre simpatik, gjë që është ëndrra e çdo gruaje. Më i madhi, Belinha, erdhi të jetonte me një burrë për pak kohë. Megjithatë, u tradhtua ajo që krijoi në zemrën e saj të vogël trauma të pariparueshme. Ajo u detyrua të ndahej dhe i premtoi vetes se nuk do të vuante më kurrë për shkak të një burri. Amelinha, për fat të keq, ajo as që mund të fejohemi. Kush dëshiron të martohet me Amelinha? Ajo është një person i pacipë me flokë kafe, i dobët, me lartësi mesatare, sy ngjyrë mjalti, prapanicë mesatare, gjinj si shalqi, gjoks i përcaktuar përtej një buzëqeshjeje magjepsëse. Askush nuk e di se cili është problemi i saj i vërtetë, ose të dyja.

Në lidhje me marrëdhëniet e tyre nder personalë, ata janë pranë ndarjes së sekreteve mes tyre. Meqë Belinha u tradhtua nga një mashtrues, Amelinha mori dhimbjet e motrës së saj dhe u nis të luante me burrat. Të dy u bënë një dyshe dinamike e njohur si "Motrat Perverse". Pavarësisht nga kjo, burrat adhurojnë të jenë lodrat e tyre. Kjo sepse nuk ka asgjë më të mirë se të duash Belinha dhe Amelinha edhe për një moment. T'i njohim historitë e tyre së bashku?

Njeriu i zi

Amelinha dhe Belinha si dhe profesionistë dhe dashnorë të mëdhenj, janë gra të bukura dhe të pasura të integruara në rrjetet sociale. Përveç seksit, ata përpiqen edhe të zënë miq.

Një herë, një burrë hyri në bisedën virtuale. Pseudonimi

i tij ishte "Njeriu i Zi". Në këtë moment, ajo shpejt u drodh ngaqë i donte burrat e zinj. Legjenda thotë se ata kanë një hijeshi të padiskutueshëm.

"Çakemi, bukuroshe! "Ti e thirre njeriun e bekuar të zi.

"Përshëndetje, në rregull? "Iu përgjigj Belinha intriguese.

"Të gjithë shkëlqyeshëm. Kalofsh një natë të mirë!

"Natën e mirë. I dua zezakët!

"Kjo më ka prekur thellë tani! Por, a ka ndonjë arsye të veçantë për këtë? Si e ke emrin?

"Epo, arsyeja është motra ime dhe unë i pëlqej burrat, nëse e di se çfarë dua të them. Për sa i përket emrit, edhe pse ky është një mjedis shumë privat, unë nuk kam asgjë për të fshehur. Emri im është Belinha. Më vjen mirë që u njohëm.

"Kënaqësia është e gjitha e imja. Unë quhem Flavius, dhe jam vërtet i mirë!

"U ndjeva e patundur në fjalët e tij. Do të thuash që intuita ime është e drejtë?

"Nuk mund t'i përgjigjem kësaj tani sepse kjo do t'i jepte fund gjithë misterit. Si quhet motra jote?

"Emri i saj është Amelinha.

"Amelinha! Emër i bukur! A mund ta përshkruani veten fizikisht?

"Unë jam bjonde, e gjatë, e fortë, flokë të gjata, prapanicë e madhe, gjoks mesatar, dhe kam një trup skulpturor. Po ti?

"Ngjyra e zezë, një metër dhe tetëdhjetë centimetra e lartë, e fortë, e pikasur, krahët dhe këmbët e trasha, të rregullta, flokët e kënduar dhe fytyrat e përcaktuara.

"Ti më ndez!

"Mos u shqetëso për këtë. Kush më njeh mua, nuk harron kurrë?

"Do të më çmendësh tani?

"Më vjen keq për këtë, zemër! Është vetëm për t'i shtuar pak hijeshi bisedës sonë.

"Sa vjeç je?

"25 vjet dhe e jotja?

"Unë jam tridhjetë e tetë vjeç dhe motra ime tridhjetë e katër. Pavarësisht nga diferenca e moshës, jemi jashtëzakonisht afër. Në fëmijëri, u bashkuam për të kapërcyer vështirësitë. Kur ishim adoleshentë, tregonim ëndrrat tona. Dhe tani, kur jemi të rritur, kemi të njëjtat arritje dhe zhgënjime. Nuk mund të jetoj pa të.

"Shkëlqyeshëm! Kjo ndjenjë e jotja është shumë e bukur. Po marr dëshirën për t'ju takuar të dyve. A është ajo aq e keqe sa ti?

"Në një mënyrë efektive, ajo është më e mira në atë që bën. Shumë i zgjuar, i bukur dhe i sjellshëm. Avantazhi im është se jam më i zgjuar.

"Por unë nuk shoh një problem në këtë. Më pëlqejnë të dyja.

"Me të vërtetë të pëlqen? E di, Amelinha është një grua e veçantë. Jo sepse është motra ime, por sepse ka një zemër gjigande. Më vjen pak keq për të, sepse nuk ka pasur kurrë dhëndër. E di që ëndrra e saj është të martohet. Ajo u bashkua me mua në një kryengritje, sepse më tradhtoi shoku im. Që atëherë, ne kërkojmë vetëm marrëdhënie të shpejta.

"Unë plotësisht e kuptoj. Edhe unë jam pervers. Megjithatë,

nuk kam asnjë arsye të veçantë. Dua vetëm të kënaqem me rininë time. Dukesh si njerëz të mrekullueshëm.

"Faleminderit shumë. Je me të vërtetë nga Arcoverde?

"Po, jam nga qendra e qytetit. Po ti?

"Nga lagjja Shën Kristofor.

"Shkëlqyeshëm. Jeton vetëm?

"Po. Afër stacionit të autobusit.

"A mund të marrësh një vizitë nga një burrë sot?

"Do të na pëlqente shumë. Por duhet t'i menaxhosh të dyja. Në rregull?

"Mos u shqetëso, e dashur. Mund t'ia dal deri në tre.

"Ah, po! E vërtetë!

"Unë do të jem atje. Mund ta shpjegosh vendndodhjen?

"Po. Do të jetë kënaqësia ime.

"Unë e di se ku është. Po vij atje lart!

Njeriu i Zi u largua nga dhoma dhe Belinha gjithashtu. Ajo përfitoi prej saj dhe u transferua në kuzhinë ku takoi motrën e saj. Amelinha po lante pjatat e pista për darkë.

"Natën e mirë për ty, Amelinha. Ti nuk do të besosh. Gjeje kush po vjen.

"Nuk e kam idenë, motër. Kush?

"Flavius. E takova në dhomën virtuale të bisedave. Ai do të jetë zbavitja jonë sot.

"Si duket ai?

"Është Njeriu i Zi. A ke ndaluar ndonjëherë dhe ke menduar se mund të jetë mirë? I gjori nuk e di se çfarë jemi të aftë të bëjmë!

"Me të vërtetë është motër! Le ta mbarojmë.

"Ai do të bjerë, me mua! "Tha Belinha.

"Jo! Ajo do të jetë me mua "U përgjigj Amelinha.

"Një gjë është e sigurt: me njërin prej nesh ai do të bjerë" përfundoi Belinha .

"Është e vërtetë! Si thua sikur të bëhemi gati në dhomën e gjumit?

"Ide e mirë. Do të ndihmoj!

Dy kukullat e pangopshme shkuan në dhomë duke lënë gjithçka të organizuar për ardhjen e mashkullit. Sapo mbarojnë, dëgjojnë zilen.

"A është ai, motër? "Pyeti Amelinha.

"Le ta kontrollojmë së bashku! (Belinha)

"Eja! Amelinha pranoi.

Hap pas hapi, dy gratë kaluan derën e dhomës së gjumit, kaluan dhomën e ngrënies dhe pastaj mbërritën në dhomën e ndenjjes. Ata shkuan tek dera. Kur e hapin, ata hasin buzëqeshjen simpatike dhe burrërore të Flavius.

"Natën e mirë! Në rregull? Unë jam Flavius.

"Natën e mirë. Je shumë i mirëpritur. Unë jam Belinha që po fliste me ty në kompjuter dhe kjo vajzë e ëmbël pranë meje është motra ime.

"Gëzohem që të takova, Flavius! "Amelinha tha.

"Gëzohem që u njohëm. A mund të hyj brenda?

"Sigurisht! "Të dy gratë u përgjigjën në të njëjtën kohë.

Hamshori kishte qasje në dhomë duke vëzhguar çdo detaj të dekorit. Çfarë po ndodhte në atë mendje që ziente? Ai ishte veçanërisht i prekur nga secila prej këtyre mostrave femra. Pas një çasti, ai pa thellë në sytë e dy prostitutat duke thënë:

"A je gati për atë që kam ardhur të bëj?

"Gati "Afirmoi të dashuruarit!

Treshja ndaloi fort dhe bëri një rrugë të gjatë për në dhomën më të madhe të shtëpisë. Duke mbyllur derën, ata ishin të sigurt se qielli do të shkonte në ferr për pak sekonda. Gjithçka ishte perfektë: rregullimi i peshqirëve, lodrat e seksit, filmi pornografi që luante në televizionin e tavanit dhe muzika romantike e gjallë. Asgjë nuk mund ta hiqte kënaqësinë e një mbrëmjeje të madhe.

Hapi i parë është të ulesh pranë krevatit. Burri i zi filloi të hiqte rrobat e tij të dy grave. Epshi dhe etja e tyre për seks ishte kaq e madhe, saqë shkaktuan pak ankth tek ato zonja të ëmbla. Ai ishte duke hequr këmishën e tij duke treguar kraharorit dhe bark të punuar mirë nga stërvitjet e përditshme në palestër. Qimet e tua mesatare në të gjithë këtë rajon kanë tërhequr psherëtima nga vajzat. Më pas, ai hoqi pantallonat e tij duke lejuar pamjen e mbathjeve të tij si pasojë duke treguar vëllimin dhe mashkullori tetin e tij. Në këtë kohë, ai i lejoi ata të preknin organin, duke e bërë atë më të ngritur. Pa asnjë sekret, ai hodhi të brendshmet duke treguar gjithçka që Zoti i dha atij.

Ai ishte njëzet e dy centimetra i gjatë, katërmbëdhjetë centimetra në diametër të mjaftueshëm për t'i çmendur ata. Pa humb kohë, ata ranë mbi të. Ata filluan me paraprake. Ndërsa njëri gëlltiti penisit e saj në gojën e saj, tjetri lëpiu çantat qese e herdheve. Në këtë operacion, kanë kaluar tre minuta. Mjaft kohë për të qenë plotësisht gati për seks.

Pastaj ai filloi penetrimin në një dhe pastaj në tjetrin pa preferencë. Ritmi i shpeshtë i anijes shkaktoi rënkime, britma dhe orgazma të shumta pas aktit. Ishte 30 minuta seks vaginal.

Secila nga gjysma e kohës. Pastaj përfunduan me seks oral dhe anal.

Zjarri.

Ishte një natë e ftohtë, e errët dhe me shi në kryeqytetin e të gjitha druve të Pernambuco. Pati momente kur erërat e përparme arritën njëqind kilometra në orë duke trembur motrat e gjora Amelinha dhe Belinha. Dy motrat perverse u takuan në dhomën e ndenjjes së tyre të thjeshtë në lagjen Shën Kristofor . Pa pasur asgjë për të bërë, ata folën të lumtur për gjërat e përgjithshme.

"Amelinha, si ishte dita jote në zyrën e fermës?

"E njëjta gjë e vjetër: organizova planifikimin e taksave të administratës së taksave dhe doganave, menaxhova pagimin e taksave, punova në parandalimin dhe luftimin e evazionit fiskal. Është punë e lodhshme dhe e mërzitshme. Por shpërblyese dhe e paguar mirë. Po ti? Si ishte rutina jote në shkollë? "Pyeti Amelinha.

«Në klasë, e kaloja përmbajtjen që i udhëhiqte nxënësit në mënyrën më të mirë të mundshme. I korrigjova gabimet dhe mora dy celularë me nxënës që po shqetësonin klasën. Gjithashtu, jepja mësime për sjelljen, dinamikën dhe këshillat e dobishme. Sidoqoftë, përveçse jam mësuese, unë jam nëna e tyre. Prova e kësaj është se, në ndërprerje, kam depërtuar në klasën e nxënësve dhe, së bashku me ta, kemi luajtur. Sipas pikëpamjes sime, shkolla është shtëpia jonë e dytë dhe duhet të kujdesemi për miqësitë dhe lidhjet njerëzore që kemi prej saj," u përgjigj Belinha.

"Shkëlqyeshëm, motra ime e vogël. Veprat tona janë të mëdha sepse ofrojnë ndërtime të rëndësishme emocionale dhe nder veprojnë midis njerëzve. Asnjë njeri nuk mund të jetojë në izolim, e lëre më pa burime psikologjike dhe financiare» analizoi Amelinha.

"Jam dakord. Puna është thelbësore për ne, pasi na bën të pavarur nga perandoria mbizotëruese lidhur me seksin në shoqërinë tonë " tha Belinha.

"Pikërisht. Do të vazhdojmë në vlerat dhe qëndrimet tona. Njeriu është vetëm i mirë në shtrat" vërejti Amelinha.

"Duke folur për njerëzit, çfarë mendove për i krishteri? "Belinha pyeti.

"Ai jetoi në lartësinë e shpresave të mia. Pas një përvoje të tillë, instinktet dhe mendja ime gjithmonë kërkojnë më shumë pakënaqësi të brendshme. Cili është mendimi yt? "Pyeti Amelinha.

"Ishte mirë, por edhe unë ndihem si ti: i paplotë. Jam i thatë nga dashuria dhe seksi. Dua gjithnjë e më shumë. Çfarë kemi për sot? "Tha Belinha.

"Nuk kam ide. Nata është e ftohtë, e errët dhe e errët. E dëgjon zhurmën jashtë? Ka shumë shi, erëra të forta, vetëtima dhe bubullima. Kam frikë! "Tha Amelinha.

"Edhe unë! "Belinha rrëfeu.

Në këtë moment, një rrufe rrufeje dëgjohet në të gjithë Arcoverde. Amelinha kërcen në prehrin e Belinha i cili bërtet nga dhimbja dhe dëshpërimi. Në të njëjtën kohë, elektriciteti mungon, duke i bërë ato të dyja të dëshpëruara.

"Po tani? Çfarë do të bëjmë me Belinha? "Pyeti Amelinha.

"Largohu nga unë, bushtër! Do t'i marr qirinjtë! "Tha

Belinha. Belinha butësisht e shtyu motrën e saj në anën e divanit ndërsa vend fshehjeje muret për të shkuar në kuzhinë. Meqë shtëpia është e vogël, nuk duhet shumë kohë për ta përfunduar këtë operacion. Duke përdorur takt, ai i merr qirinjtë në dollap dhe i ndez me shkrepëset e vendosura strategjiket në majë të sobës.

Me ndezjen e qiririt, ajo kthehet qetësisht në dhomën ku ai takon motrën e tij me një buzëqeshje misterioze të hapur në fytyrën e tij. Çfarë po bënte ajo?

"Mund të shfryhesh, motër! E di që po mendon diçka" tha Belinha.

"Po sikur të thërrasim zjarrfikësit e qytetit duke paralajmëruar për një zjarr? Tha Amelinha.

"Më lër ta sqaroj këtë. Do të shpikësh një zjarr imagjinar për t'i joshur këta njerëz? Po sikur të na arrestojnë? "Belinha kishte frikë.

"Kolegu im! Jam i sigurt se do ta duan surprizën. Çfarë më mirë duhet të bëjnë në një natë të errët dhe të zymtë si kjo? "Tha Amelinha.

"Ke të drejtë. Do të falënderojnë për argëtimin. Ne do të thyejmë zjarrin që na konsumon nga brenda. Tani, vjen pyetja: kush do të ketë guximin t'i thërrasë? "Pyeti Belinha.

"Unë jam shumë i turpshëm. Po ta lë këtë detyrë, motra ime" tha Amelinha.

"Gjithmonë unë. Në rregull. Çfarëdo që të ndodhë Amelinha. « Belinha përfundoi.

Duke u ngritur nga divani, Belinha shkon në tavolinën në cepin ku është instaluar celulari. Ajo thërret numrin e emergjencës së zjarrfikësve dhe po pret të përgjigjet. Pas disa të prekurve, dëgjon një zë të thellë e të vendosur që flet nga ana tjetër.

"Natën e mirë. Ky është departamenti i zjarrfikësve. Çfarë dëshiron?

"Emri im është Belinha. Unë jetoj në lagjen Shën Kristofor këtu në Arcoverde. Motra ime dhe unë jemi të dëshpëruar me gjithë këtë shi. Kur elektriciteti doli këtu në shtëpinë tonë, shkaktoi një qark të shkurtër, duke filluar t'i vërë flakën objekteve. Për fat të mirë, unë dhe motra ime dolëm. Zjarri po e konsumon ngadalë shtëpinë. Na duhet ndihma e zjarrfikësve" tha e shqetësuar vajza.

"Merre shtruar, miku im. Do të jemi atje së shpejti. A mund të jepni informacione të hollësishme për vendndodhjen tuaj? "Pyeti zjarrfikësin në detyrë.

"Shtëpia ime është saktësisht në Rruga qendrore, shtëpia e tretë në të djathtë. A është kjo në rregull me ty?

"Unë e di se ku është. Do të jemi atje për disa minuta. Jini të qetë," tha zjarrfikësi.

"Ne po presim. Faleminderit! "Faleminderit Belinha.

Duke u kthyer në divan me një të qeshur të gjerë, ata të dy i lanë jastëkët dhe gërhitën me argëtimin që po bënin. Megjithatë, kjo nuk këshillohet të bëhet nëse nuk ishin dy prostitutat si ato.

Rreth dhjetë minuta më vonë, dëgjuan një trokitje në derë dhe shkuan t'i përgjigjeshin. Kur hapën derën, ata u përballën me tri fytyra magjike, secila me bukurinë e saj karakteristike. Njëri ishte i zi, gjashtë këmbë i gjatë, këmbët dhe krahët medium. Një tjetër ishte i errët, një metër dhe nëntëdhjetë i gjatë, muskulor dhe skulpturor. Një e treta ishte e bardhë, e shkurtër, e hollë, por shumë e dashur. Djaloshi i bardhë dëshiron të prezantohet:

"Çakemi, zonja, natën e mirë! Unë quhem Roberto. Ky njeri afër quhet Mateu dhe njeriu ngjyrë kafe, Filipi. Si quheni dhe ku është zjarri?

"Unë jam Belinha, fola me ty në telefon. Ky njeri me flokë kafe këtu është motra ime Amelinha. Hyr dhe do të ta shpjegoj.

"Mirë. Ata morën tre zjarrfikësit në të njëjtën kohë.

grupi hyri në shtëpi dhe çdo gjë dukej normale, sepse energjia elektrike ishte kthyer. Ata vendosen në divan në dhomën e ndenjjes së bashku me vajzat. Dyshues, ata bëjnë bisedë.

"Zjarri mbaroi, apo jo? «Mateu pyeti.

"Po. Ne tashmë e kontrollojmë atë falë një përpjekjeje heroike" shpjegoi Amelinha.

"Më vjen keq! Kam dashur të punoj. Atje, në baraka, rutina është kaq monotone, — tha Filipi.

"Kam një ide. Si thua të punosh në një mënyrë më të këndshme? "Belinha sugjeroi.

"Do të thuash se ti je ajo që mendoj unë? "E kam pyetur Filipi.

"Po. Ne jemi gra beqare që e duan kënaqësinë. Në humor për qejf? "Pyeti Belinha.

"Vetëm nëse shkon tani" iu përgjigj zezaku.

"Edhe unë jam brenda" konfirmoi Njeriu.

"Më prit" Djaloshi i bardhë është në dispozicion.

"Pra, le të," tha vajzat.

Grup hyri në dhomë duke ndarë një krevat mirë. Pastaj filloi orgjia seksuale. Belinha dhe Amelinha u bënë me radhë për të marrë pjesë në kënaqësinë e tre zjarrfikësve. Çdo gjë dukej magjike dhe nuk kishte ndjenjë më të mirë se të ishe me ta. Me dhurata të ndryshme, ata përjetuan ndryshime seksuale dhe pozicion ale, duke krijuar një tablo të përsosur.

Vajzat dukeshin të pakënaqshme në arrogancën e tyre seksuale, gjë që i çmendi ata profesionistë. Ata kaluan natën duke bërë seks dhe kënaqësia dukej se nuk mbaronte kurrë. Ata nuk u nisën derisa morën një telefonatë urgjente nga puna. Ata e lanë dhe shkuan t'i përgjigjeshin raportit të policisë. Gjithsesi, nuk do ta harronin kurrë këtë përvojë të mrekullueshme bashkë me «Motrat e mbrapshta».

Konsultim mjekësor

U shfaq në kryeqytetin e bukur të vendit. Zakonisht, dy motrat perverse zgjoheshin herët. Megjithatë, kur u ngritën, nuk u ndien mirë. Ndërsa Amelinha vazhdonte të teshtinte, motra e saj Belinha u ndie pak e mbytur. Këto fakte erdhën nga një natë më parë në Sheshin e Luftës në Virxhinia, ku pinë, u puthën në gojë dhe gërhitën në mënyrë të harmonishme natën e qetë.

Duke qenë se nuk ndiheshin mirë dhe pa forcë për asgjë, ata u ulën në divan duke menduar religjioziteti se çfarë të bënin, sepse angazhimet profesionale pritnin të zgjidheshin.

"Çfarë të bëjmë, motër? Më ka mbaruar fryma dhe jam e rraskapitur" tha Belinha.

"Më trego për këtë! Kam dhimbje koke dhe po filloj të marr një virus. Jemi të humbur! "Tha Amelinha.

"Por nuk mendoj se kjo është një arsye për të humbur punën! Njerëzit varen nga ne! "Tha Belinha

"Qetësohuni, të mos na zërë paniku! Si thua të bashkohemi me të mirët? "Sugjeroi Amelinha.

"Mos më thuaj se po mendon se çfarë po mendoj.... "Belinha u mahnit.

"Kjo është e drejtë. Le të shkojmë tek doktori së bashku! Do të jetë një arsye e madhe për të humbur punën dhe kush e di se nuk ndodh ajo që duam ne! "Tha Amelinha

"Ide e shkëlqyer! Pra, çfarë po presim? Le të bëhemi gati! "Pyeti Belinha.

"Eja! "Amelinha pranoi.

Të dy shkuan në rrethimin e tyre përkatës. Ata ishin shumë të ngazëllyer për vendimin; ata as që dukeshin të sëmurë. A ishte e gjitha vetëm shpikja e tyre? Më fal, lexues, të mos mendojmë keq për miqtë tanë të dashur. Përkundrazi, do t'i shoqërojmë në këtë kapitull të ri emocionues të jetës së tyre.

Në dhomën e gjumit, laheshin në suitat e tyre, vishnin rroba dhe këpucë të reja, krihnin flokët e gjatë, vishnin një parfum francez dhe pastaj shkonin në kuzhinë. Atje, ata thyen vezët dhe djathin duke mbushur dy bukë dhe hëngrën me një lëng të ftohtë. Çdo gjë ishte shumë e shijshme. Prapëseprapë, dukej se nuk e ndienin, sepse ankthi dhe nervozizmi para takimit me mjekun ishin gjigantë.

Me çdo gjë gati, ata u larguan nga kuzhina për të dalë nga shtëpia. Me çdo hap që bënë, zemrat e tyre të vogla u përqafuan me ndjenjat që mendonin në një përvojë krejt të re. Bekuar qoftë ata të gjithë! Optimizmi i zuri dhe ishte diçka që duhej ndjekur nga të tjerët.

Në pjesën e jashtme të shtëpisë, ata shkojnë në garazh. Duke hapur derën në dy përpjekje, ata qëndrojnë përpara makinës modeste të kuqe. Pavarësisht nga shija e tyre e mirë në makina, ata preferuan ato popullore për klasikët nga frika e dhunës së përbashkët të pranishme në të gjitha rajonet braziliane.

Pa vonesë, vajzat hyjnë në makinë duke dhënë daljen butësisht dhe pastaj njëra prej tyre mbyll garazhin duke u kthyer në makinë menjëherë pas saj. Kush nget makinën është Amelinha me përvojë tashmë dhjetë vjet? Belinha nuk lejohet ende të ngasë makinën.

Rruga e shkurtër e dukshme midis shtëpisë dhe spitalit bëhet me siguri, harmoni dhe qetësi. Në atë moment, kishin ndjenjën e rreme se mund të bënin gjithçka. Në mënyrë kontradiktore, ata kishin frikë nga dinakëria dhe liria e tij. Ata vetë u habitën nga veprimet e bëra. Nuk ishte për asgjë më pak se ata u quajtën bastardë të mirë prostitutat!

Kur arritën në spital, planifikuan takimin dhe pritën të thirreshin. Në këtë interval kohor, ata përfituan nga bërja e një vakti dhe shkëmbyen mesazhe nëpërmjet aplikacionit celular me shërbëtorët e tyre të dashur seksualë. Më cinik dhe më i gëzuar se këta, ishte e pamundur të ishte!

Pas një kohë, është radha e tyre për t'u parë. Të pandashëm, hyjnë në zyrën e kujdesit. Kur ndodh kjo, mjeku pothuajse ka një atak në zemër. Para tyre ishte një pjesë e rrallë e një burri: Një person i gjatë me flokë bjonde, një metër dhe nëntëdhjetë centimetra i gjatë, me mjekër, flokë që formojnë një bisht bishtalec, krahë muskulorë dhe gjinj, fytyra natyrale me një pamje engjëllore. Edhe para se të mund të hartonin një reagim, ai fton:

"Ulu, të dy!

"Faleminderit! "Ata i thanë të dyja.

Të dy kanë kohë për të bërë një analizë të shpejtë të mjedisit: Përpara tryezës së shërbimit, mjeku, karrigia në të cilën ai ishte ulur dhe prapa një dollapi. Në anën e djathtë, një shtrat. Në mur, piktura ekspresioniste të autorit Cândido Portinari që përshkruan njeriun nga fshati. Atmosfera është shumë komod duke i lënë vajzat të qetë. Atmosfera e çlodhjes prishet nga aspekti formal i konsultimit.

"Më thoni çfarë po ndjeni, vajza!

Kjo dukej joformale për vajzat. Sa i ëmbël ishte ai bjondi! Duhet të ketë qenë e shijshme për t'u ngrënë.

"Dhimbje koke, mungesa e vullnetit dhe virus! "I tha Amelinha.

"Jam pa frymë dhe i lodhur! "Pretendoi Belinha.

"Është në rregull! Më lër të shikoj! Shtrihu në shtrat! "Mjeku pyeti.

Prostitutat mezi po merrnin frymë me këtë kërkesë. Profesionisti i bëri ata të hiqnin një pjesë të rrobave të tyre dhe i ndjente ato në pjesë të ndryshme të cilat shkaktonin ftohje dhe djersë të ftohta. Duke kuptuar se nuk kishte asgjë serioze me ta, shoqëruesi tha me shaka:

"E gjitha duket perfektë! Nga çfarë do që ata të kenë frikë? Një injeksion në prapanicë?

"Më pëlqen! Nëse është një injeksion i madh dhe i trashë edhe më mirë! "Tha Belinha.

"A do të zbatosh ngadalë, dashuri? "Tha Amelinha.

" Ju po kërkojnë tashmë shumë! "Vuri re klinikën.

Duke mbyllur me kujdes derën, ai bie mbi vajzat si një kafshë e egër. Së pari, ai heq pjesën tjetër të rrobave nga trupat. Kjo e mpreh edhe më shumë libidonë e tij. Duke qenë krejtësisht lakuriq, ai admiron për një çast ato krijesa skulpturore. Pastaj është radha e tij për t'u shfaqur. Ai sigurohet që ata të heqin rrobat e tyre. Kjo rrit bashkëveprimin dhe intimitetin midis grupit.

Me çdo gjë gati, ata fillojnë parapraket e seksit. Duke e përdorur gjuhën në pjesë të ndjeshme si anusi, bytha dhe veshi biondja shkakton orgazma të vogla kënaqësie tek të dyja gratë. Gjithçka po shkonte mirë edhe kur dikush vazhdonte të trokiste në derë. S'ka rrugëdalje, ai duhet të përgjigjet. Ai ecën pak dhe hap derën. Duke bërë kështu, ai vjen përmes infermieres në thirrje: një person i hollë dy gara, me këmbë të holla dhe jashtëzakonisht të ulët.

"Doktor, kam një pyetje për mjekimin e një pacienti: a është pesë apo treqind miligramë aspirinë? «E pyeti Roberto të tregonte një recetë.

"500! "E konfirmoi Aleksi.

Në këtë moment, infermierja pa këmbët e vajzave lakuriqe që po përpiqeshin të fshiheshin. Qeshi brenda.

"Duke u tallur pak, mjek? Mos thirr as shokët e tu!

"Më falni! Do të bashkohesh me bandën?

"Do të më pëlqente shumë!

"Pastaj eja!

Të dy hynë në dhomë duke mbyllur derën pas tyre. Më shumë se shpejt, personi dy gara hoqi rrobat e tij. I zhveshur, ai tregoi direkun e tij të gjatë, të trashë dhe të me vena si trofe. Belinha ishte e kënaqur dhe shpejt po i jepte seks oral. Aleksi kërkoi edhe që edhe Amelinha të bënte të njëjtën gjë me të. Pas gojore, ata filluan anale. Në këtë pjesë, Belinha e kishte jashtëzakonisht të vështirë të mbante në dorë penisit përbindësh të infermieres. Por kur hyri në gropë, kënaqësia e tyre ishte e madhe. Nga ana tjetër, ata nuk ndienin ndonjë vështirësi, sepse penisi i tyre ishte normal.

Pastaj bënin seks vaginal në pozicione të ndryshme. Lëvizja e para-mbrapa në zgavrën shkaktoi halucinacione në to. Pas kësaj faze, katër të bashkuar në një seks në grup. Ishte përvoja më e mirë në të cilën harxhoheshin energjitë e mbetura. Pesëmbëdhjetë minuta më vonë, të dy u shitën. Për motrat, seksi nuk do të mbaronte kurrë, por i mirë pasi respektoheshin për brishtësinë e atyre burrave. Duke mos dashur të shqetësojnë punën e tyre, nuk marrin më certifikatën e justifikimit të punës dhe të telefonit personal. Ata u larguan krejtësisht të përbërë pa ngjallur vëmendjen e askujt gjatë kalimit në spital.

Kur arritën te parkime, hynë në makinë dhe nisën rrugën për t'u kthyer. Ashtu siç janë të lumtur, tashmë po mendonin për ligësitë e tyre të ardhshme seksuale. Motrat perverse ishin vërtet diçka!

Mësim privat

Ishte një pasdite si të tjerat. Të sapoardhura nga puna, motrat perverse ishin të zënë me punët e shtëpisë. Pasi mbaruan të gjitha detyrat, u mblodhën në dhomë për të pushuar pak. Ndërsa Amelinha lexoi një libër, Belinha përdori internetin e lëvizshëm për të shëlbuar faqet e saj të preferuara në internet.

Në njëfarë pike, e dyta bërtet me zë të lartë në dhomë, gjë që e frikëson motrën e saj.

"Çfarë është, vajzë? A je i çmendur? "Pyeti Amelinha.

"Sapo kam hyrë në ueb sajtin e konkurseve që kanë një surprizë mirënjohëse " informoi Belinha.

"Më thuaj më shumë!

"Regjistrimet e gjykatës federale rajonale janë të hapura. Le ta bëjmë?

"Thirrje e mirë, motra ime! Sa është paga?

"Më shumë se dhjetë mijë dollarë fillestarë.

"Shumë mirë! Puna ime është më e mirë. Megjithatë, do ta bëj konkursin sepse po përgatitem për të kërkuar ngjarje të tjera. Do të shërbejë si eksperiment.

"Ju bëni shumë mirë! Ti më inkurajon. Tani, nuk di nga të filloj. Mund të më japësh këshilla?

"Blini një kurs virtual, bëni shumë pyetje në faqet e testimit, bëni dhe ribëhen testet e mëparshme, shkruani përmbledhje, shikoni këshilla dhe shkarkoni materiale të mira në internet mes të tjerash.

"Faleminderit! Do t'i marr të gjitha këto këshilla! Por më duhet diçka më shumë. Shiko, motër, meqë kemi para, si thua të paguajmë për një mësim privat?

"Nuk e kisha menduar këtë. Kjo është një ide novatore! A ke ndonjë sugjerim për një person të aftë?

"Unë kam një mësues shumë kompetent këtu nga Arcoverde në kontaktet e mia telefonike. Shikoje foton e tij!

Belinha i dha motrës celularin. Duke parë fotografinë e djalit, ajo ishte në ekstazë. Përveçse i pashëm, ai ishte i zgjuar!

Do të ishte një viktimë e përsosur e çiftit që do të bashkohej me të dobishmen për të këndshmen.

"Çfarë po presim? Kape, motër! Duhet të studiojmë së shpejti. "Amelinha tha.

"E more! "Belinha pranoi.

Duke u ngritur nga divani, ajo filloi të telefononte numrat e telefonit në kasën e numrave. Pasi të bëhet thirrja, do të duhen vetëm disa momente për t'u përgjigjur.

"Tungjatjeta. Je mirë?

"Gjithçka është e mrekullueshme, Renato.

"Dërgo urdhëro.

"Po lundroja në internet kur zbulova se aplikimet për konkurrimin federal të gjykatave rajonale janë të hapura. Menjëherë e quajta mendjen si një mësuese të respektueshme. E mban mend sezonin e shkollës?

"E mbaj mend mirë atë kohë. Kohë të mira ata që nuk kthehen!

"Ashtu është! A keni kohë për të na dhënë një mësim privat?

"Çfarë bisede, zonjushë! Për ty kam gjithmonë kohë! Çfarë date kemi caktuar?

"A mund ta bëjmë nesër në 2:00? Duhet të fillojmë!

"Sigurisht, unë po! Me ndihmën time, me përulësi them se shanset për të kaluar rriten në mënyrë të pabesueshme.

"Jam i sigurt për këtë!

"Sa mirë! Mund të më presësh në 2:00.

"Faleminderit shumë! Shihemi nesër!

"Shihemi më vonë!

Belinha e mbylli telefonin dhe vizatoi një buzëqeshje për shokun e tij. Duke dyshuar përgjigjen, Amelinha pyeti:

"Si shkoi?

"Ai pranoi. Nesër në 2:00 ai do të jetë këtu.

"Sa mirë! Nervat po më vrasin!

"Vetëm merre shtruar, motër! Do të jetë në rregull.

"Amin!

"Të përgatisim darkën? Unë jam tashmë i uritur!

"Mirë të kujtohet.!

Çifti shkoi nga dhoma e ndenjes në kuzhinë ku në një mjedis të këndshëm fliste, luante, gatuante mes veprimtarive të tjera. Ato ishin figura shembullore motrash të bashkuara nga dhimbja dhe vetmia. Fakti që ata ishin bastardë në seks i kualifikoi ata vetëm edhe më shumë. Siç e dini të gjithë, gruaja braziliane ka gjak të ngrohtë.

Shpejt pas kësaj, ata po vëllazërisht rreth tryezës, duke menduar për jetën dhe gjallërinë e saj.

"Duke ngrënë Krem pule të shijshëm pule, më kujtohet zezaku dhe zjarrfikësit! Momente që duket se nuk kalojnë kurrë! "Belinha tha!

"Më trego për këtë! Ata djem janë të shijshëm! Pa përmendur infermieren dhe doktorin! Edhe mua më pëlqeu shumë! "U kujtua Amelinha!

"Mjaft e vërtetë, motra ime! Duke pasur një direk të bukur, çdo njeri bëhet i këndshëm! Urojmë që feministët të më falin!

"Ne nuk kemi nevojë të jemi kaq radikalë...!

Të dy qeshin dhe vazhdojnë të hanë ushqimin në tavolinë. Për një moment, asgjë tjetër nuk kishte rëndësi. Ata ishin të vetëm në botë dhe kjo i kualifikoi si perëndesha të bukurisë dhe të dashurisë. Sepse gjëja më e rëndësishme është të ndihesh mirë dhe të kesh vlerësim për veten.

Të sigurt në veten e tyre, ata vazhdojnë në ritualin familjar. Në fund të kësaj faze, ata lundrojnë në internet, dëgjojnë muzikë në riprodhim stereofonik dhomën e ndenjjes, shikojnë telenovelat dhe, më vonë, një film pornografi. Ky nxitim i lë ata pa frymë dhe të lodhur, duke i detyruar të shkojnë të pushojnë në dhomat e tyre përkatëse. Po pritnin me padurim të nesërmen.

Nuk do të vonojë shumë para se të bien në gjumë të thellë. Përveç maktheve, nata dhe agimi ndodhin brenda rrezes normale. Sapo vjen agimi, ata ngrihen dhe fillojnë të ndjekin rutinën normale: Banjë, mëngjes, punë, kthehen në shtëpi, banjë, drekë, sy gjumë dhe transferohen në dhomën ku presin vizitën e planifikuar.

Kur dëgjojnë të trokasin në derë, Belinha ngrihet dhe shkon të përgjigjet. Duke bërë kështu, ai has mësuesin e qeshur. Kjo i shkaktoi atij kënaqësi të brendshme të mirë.

"Mirëserdhe, miku im! Je gati të na mësosh?

"Po, shumë, shumë gati! Faleminderit përsëri për këtë mundësi! "Tha Renato.

"Le të hyjmë brenda! « Tha Belinha.

Djali nuk mendoi dy herë dhe pranoi kërkesën e vajzës. Ai përshëndeti Amelinha dhe në sinjalin e saj, u ul në divan. Qëndrimi i tij i parë ishte të hiqte bluzën e zezë të thurur, sepse ishte tepër e nxehtë. Me këtë, ai e la parzmore e punuar mirë në palestër, djersën që pikonte dhe dritën e tij me lëkurë të errët. Të gjitha këto detaje ishin një afektivë natyrore për ata dy "Perversët".

Duke pretenduar se nuk po ndodhte asgjë, u fillua një bisedë mes të treve.

"A keni përgatitur një klasë të mirë, profesor? "Pyeti Amelinha.

"Po! Le të fillojmë me cilin artikull? «E pyeti Renato.

"Nuk e di... "tha Amelinha.

"Si thua të argëtohemi së pari? Pasi hoqe këmishën, u lava! "Rrëfeu Belinha.

"Edhe unë" tha Amelinha.

"Ju të dy jeni vërtet maniakë seksi! A nuk është kjo ajo që unë dua? "Tha mjeshtri.

Pa pritur një përgjigje, ai hoqi e tij blu që tregonin muskujt ngjitës të kofshës së tij, syzet e tij të diellit që tregonin sytë e tij blu dhe në fund të brendshmet e tij duke treguar një përsosmëri të penisit të gjatë, trashësi mesatare dhe me kokë trekëndore. Mjaftonte që prostitutat e vogla të binin sipër dhe të fillonin ta shijonin atë trup burrëror e gazmor. Me ndihmën e tij, ata hoqën rrobat e tyre dhe filluan parapraket e seksit.

Me pak fjalë, ky ishte një takim i mrekullueshëm seksual ku përjetuan shumë gjëra të reja. Ishin dyzet minuta seks i egër në harmoni të plotë. Në këto momente, emocioni ishte aq i madh, saqë nuk e vunë re as kohën dhe hapësirën. Prandaj, ata ishin të pafund nëpërmjet dashurisë së Perëndisë.

Kur arritën në ekstazë, u çlodhën pak në divan. Pastaj ata studiuan disiplinat e ngarkuara nga konkursi. Si studentë, të dy ishin të dobishëm, inteligjentë dhe të disiplinuar, gjë që u vu re nga mësuesi. Jam i sigurt se po shkonin për miratim.

Tri orë më vonë, nuk kishin më mbledhje të reja për studim. Të lumtura në jetë, motrat perverse shkuan të kujdeseshin për detyrat e tjera që tashmë mendonin për aventurat e tyre të ardhshme. Ata ishin të njohur në qytet si "Të pakënaqshëm".

Test konkurrimi

Ka kaluar një kohë. Për rreth dy muaj, motrat e shtrembëruara po i kushtoheshin garës sipas kohës që ekzistonin. Çdo ditë që kalonte, ata ishin më të përgatitur për çdo gjë që vinte dhe shkonte. Në të njëjtën kohë, pati takime seksuale dhe, në këto momente, ato u çliruan.

Më në fund erdhi dita e provës. Duke u larguar herët nga kryeqyteti i hinterlandit, dy motrat filluan të ecnin në autostradën BR 232 me një rrugë totale prej 250 km. Gjatë rrugës, ata kaluan nga pikat kryesore të brendshme të shtetit: Pesqueira, Kopsht i bukur, Shën Cajetan, Caruaru, Gravatá, Viçat dhe Fitorja e shenjtorit Antao. Secili nga këto qytete kishte një histori për të treguar dhe nga përvoja e tyre ata e thithën atë plotësisht. Sa mirë ishte të shihje malet, Pyllin e Atlantikut, savana braziliane, fermat, fermat, fshatrat, qytetet e vogla dhe të sillje ajrin e pastër që vinte nga pyjet. Pernambuco ishte një gjendje e mrekullueshme!

Duke hyrë në perimetrin urban të kryeqytetit, ata festojnë realizimin e mirë të Udhëtimit. Merrni rrugën kryesore për në lagje udhëtim të mirë ku ata do të kryejnë testin. Rrugës hasin trafik të rënduar, indiferencë nga të panjohurit, ajër të ndotur dhe mungesë drejtimi. Por më në fund ia dolën. Ata hyjnë në ndërtesën përkatëse, identifikohen dhe fillojnë testin që do të zgjaste dy periudha. Gjatë pjesës së parë të testit, ata janë plotësisht të përqendruar në sfidën e pyetjeve me zgjedhje të shumëfishta. E pra, përpunuar nga banka përgjegjëse për ngjarjen, shkaktoi përpunimin më të ndryshëm të dyve. Sipas pikëpamjes së tyre, ata po bënin mirë. Kur pushuan, dolën për drekë dhe një lëng në një restorant përpara ndërtesës. Këto çaste ishin të rëndësishme për ta që të ruanin besimin, marrëdhënien dhe miqësinë.

Pas kësaj, ata u kthyen në vendin e provës. Pastaj filloi periudha e dytë e veprimtarisë me çështje që kishin të bënin me disiplina të tjera. Edhe pa mbajtur të njëjtin ritëm, ata ishin ende shumë perceptues në përgjigjet e tyre. Ata provuan në këtë mënyrë se mënyra më e mirë për të kaluar konkurset është duke u kushtuar shumë studimeve. Pak më vonë, ata i dhanë fund pjesëmarrjes së tyre të sigurt. Ata dorëzuan provat, u kthyen në makinë, duke lëvizur drejt plazhit të vendosur aty pranë.

Rrugës, ata luajtën, ndodhën zërin, komentuan mbi garën dhe përparuan në rrugët e Recife duke parë rrugët e ndriçuara të kryeqytetit, sepse ishte natë. Mrekullohen nga spektakli që shihet. Nuk është çudi që qyteti njihet si "Kryeqyteti i tropikut". Dielli që perëndoi i jepte mjedisit një pamje edhe më madhështore. Sa mirë që je aty në atë moment!

Kur arritën në pikën e re, iu afruan brigjeve të detit dhe pastaj u hodhën në ujërat e tij të ftohta e të qeta. Ndjenja që provokohet është e emocionuar nga gëzimi, kënaqësia, kënaqësia dhe paqja. Duke humbur gjurmët e kohës, ata notojnë derisa të lodhen. Pas kësaj, ata shtrihen në plazh në dritën e yjeve pa asnjë frikë apo shqetësim. Magjia i kapi shkëlqyeshëm. Një fjalë për t'u përdorur në këtë rast ishte " E pamatshme ".

Në njëfarë pike, me plazhin pothuajse të braktisur, ka një

qasje të dy burrave të vajzave. Ata përpiqen të ngrihen dhe të vrapojnë përballë rrezikut. Por ata janë ndaluar nga krahët e fortë të djemve.

"Merre shtruar, vajza! Nuk do të lëndojmë! Kërkojmë vetëm pak vëmendje dhe përzemërsi! "Njëri prej tyre foli.

Përballë tonit të butë, vajzat qeshnin me emocione. Nëse donin seks, pse të mos i kënaqnin? Ata ishin ekspertë në këtë art. Duke iu përgjigjur pritjeve të tyre, ata u ngritën në këmbë dhe i ndihmuan të hiqnin rrobat. Ata dorëzuan dy prezervativë dhe bënë një striptizë. Ishte e mjaftueshme për t'i çmendur ata dy burra.

Duke rënë përtokë, ata e donin njëri-tjetrin në çift dhe lëvizjet e tyre e bënin dyshemenë të dridhej. Ata i lejuan vetes të gjitha variacionet dhe dëshirat seksuale të dyjave. Në këtë pikë të dorëzimit, atyre nuk u interesonte asgjë ose askush. Për ta, ata ishin të vetëm në univers në një ritual të madh dashurie pa paragjykime. Në seks, ata ishin të ndërthurur plotësisht duke prodhuar një fuqi që nuk u pa kurrë. Ashtu si instrumentet, ato ishin pjesë e një force më të madhe në vazhdimin e jetës.

Vetëm rraskapitja i detyron të ndalojnë. Të kënaqur plotësisht, burrat u larguan dhe u larguan. Vajzat vendosin të kthehen në makinë. Ata fillojnë udhëtimin e tyre për në banesën e tyre. E pra, ata morën me vete përvojat e tyre dhe prisnin lajme të mira rreth konkursit ku morën pjesë. Sigurisht që meritonin fatin më të mirë në botë.

Tre orë më vonë, ata u kthyen në shtëpi në paqe. Ata falënderojnë Perëndinë për bekimet e dhëna duke shkuar në gjumë. Ditën tjetër po prisja më shumë emocione për dy maniakët.

Kthimi i mësuesit

u gdhi. Dielli lind herët me rrezet e tij që kalojnë nëpër të çarat e dritares duke shkuar për t'u kujdesur për fytyrat e fëmijëve tanë të dashur. Veç kësaj, flladi i hollë i mëngjesit i ndihmoi të krijonin humor në to. Sa bukur ishte të kishim mundësinë e një dite tjetër me bekimin e babait. Ngadalë, të dy po ngrihen nga shtretërit e tyre përkatës në të njëjtën kohë. Pas larjes, mbledhja e tyre bëhet në filxhan ku përgatiten ku përgatisin mëngjesin së bashku. Është një moment gëzimi, pritjeje dhe shpërqendrimi që ndan përvojat në kohë jashtëzakonisht fantastike.

Pasi mëngjesi është gati, mblidhen rreth tryezës të ulur rehat mbi karrige druri me një stivë shpine për kolonën. Ndërsa hanë, shkëmbejnë përvoja intime.

Belinha

Motra ime, çfarë ishte ajo?

Amelinha

Emocion i pastër! Akoma mbaj mend çdo detaj të trupave të atyre të dashurve!

Belinha

Edhe unë! Ndjeva një kënaqësi të madhe. Ishte pothuajse e pandjeshme.

Amelinha

E di! Le t'i bëjmë këto gjëra të çmendura më shpesh!

Belinha

Jam dakord!

Amelinha

Të pëlqeu testi?

Belinha

Më pëlqeu shumë. Po vdes për të kontrolluar performanca ime!

Amelinha

Edhe unë!

Sapo mbaruan së ushqyeri, vajzat morën celularët duke hyrë në internetin celular. Ata u nisën drejt faqes së organizatës për të kontrolluar reagimet e provave. E shkruan në letër dhe shkojnë në dhomë për të kontrolluar përgjigjet.

Brenda, ata u hodhën nga gëzimi kur panë notën e mirë. Ata kishin kaluar! Ndjenjat e ndiera nuk mund të frenoheshin tani. Pasi ka festuar shumë, ai ka idenë më të mirë: ftoje mjeshtrin Renato që të mund të festojnë suksesin e misionit. Belinha është përsëri në krye të misionit. Ajo merr telefonin dhe telefonatat e saj.

Belinha

Përshëndetje?

Renato

Çakemi, je mirë? Si je, Bukuroshe e ëmbël?

Belinha

Shumë mirë! Gjeje se çfarë ndodhi.

Renato

Mos më thuaj......

Belinha

Po! E kaluam konkursin!

Renato

Urimet e mia! A nuk të thashë?

Belinha

Dua t'ju falënderoj shumë për bashkëpunimin tuaj në çdo mënyrë. Më kupton, apo jo?

Renato

E kuptoj. Duhet të vendosim diçka. Në mënyrë të preferuar në shtëpinë tënde.

Belinha

Pikërisht për këtë thirra. A mund ta bëjmë sot?

Renato

Po! Mund ta bëj sonte.

Belinha

Çudi. Të presim në orën tetë të natës.

Renato

Në rregull. Mund ta sjell vëllain tim?

Belinha

Sigurisht!

Renato

Shihemi më vonë!

Belinha

Shihemi më vonë!

Lidhja mbaron. Duke parë motrën e saj, Belinha lëshon një të qeshur lumturie. Kurioz, tjetri pyet:

Amelinha

E pastaj? A do të vijë ai?

Belinha

Në rregull është! Sonte në orën tetë do të ribashkohemi. Ai dhe vëllai i tij po vijnë! Ke menduar për orgjinë?

Amelinha

Më trego pak për të! Unë jam tashmë i prekur nga emocioni!

Belinha

Le të ketë zemër! Shpresoj të funksionojë!

Amelinha

"E gjitha u rregullua!

Të dy qeshin njëkohësisht duke e mbushur mjedisin me mendimi pozitive. Në atë moment, nuk kisha asnjë dyshim se fati po komplotonte për një natë zbavitjeje për atë dyshe maniake. Ata tashmë kishin arritur kaq shumë faza së bashku, saqë nuk do të dobësoheshin tani. Prandaj, ata duhet të vazhdojnë t'i nderoj burrat si një lojë seksuale dhe pastaj t'i flakin tej. Kjo ishte gara më e vogël që mund të bënin për të paguar vuajtjet e tyre. Në fakt, asnjë grua nuk e meriton të vuajë. Ose më mirë, çdo grua nuk meriton dhimbje.

Koha për të shkuar në punë. Duke e lënë dhomën tashmë gati, dy motrat shkojnë në garazhin ku largohen me makinën e tyre private. Amelinha e çon Belinën në shkollë së pari dhe pastaj niset për në zyrën e fermës. Atje, ajo ngazëllohet dhe i tregon lajmet profesionale. Për miratimin e konkursit, ai merr urimet e të gjithëve. E njëjta gjë i ndodh Belinha.

Më vonë, kthehen në shtëpi dhe takohen përsëri. Pastaj fillon përgatitja për të marrë kolegët tuaj. Dita premtoi se do të ishte edhe më e veçantë.

Pikërisht në kohën e caktuar, dëgjojnë të trokasin në derë. Belinha, më i zgjuari prej tyre, ngrihet dhe përgjigjet. Me hapa të fortë e të sigurt, ai e vë veten në derë dhe e hap ngadalë. Pas përfundimit të këtij operacioni, ai përfytyron çiftin e vëllezërve. Me një sinjal nga mikpritësi, ata hyjnë dhe vendosen në divan në dhomën e ndenjjes.

Renato

Ky është vëllai im. Quhet Rikardo.

Belinha

Gëzohem që të njoha, Rikardo.

Amelinha

Ju jeni të mirëpritur këtu!

Rikardo

Ju falënderoj të dyve. Kënaqësia është e imja!

Renato

Jam gati! Mund të shkojmë në dhomë?

Belinha

Hë tani!

Amelinha

Kush e merr tani?

Renato

E zgjedh vetë Belinha.

Belinha

Faleminderit, Renato, faleminderit! Jemi bashkë!

Rikardo

Unë do të jem i lumtur të qëndroj me Amelinha!

Amelinha

Do të dridhesh!

Rikardo

Do ta shohim!

Belinha

Atëherë le të fillojë festa!

Burrat i vendosnin me butësi gratë në krah duke i mbajtur lart në shtretërit që ndodheshin në dhomën e gjumit të njërit prej tyre. Duke arritur në vend, ata heqin rrobat e tyre dhe bien në mobilet e bukura duke filluar ritualin e dashurisë në disa pozicione, shkëmbejnë kujdes dhe bashkëpunim. Entuziazmi dhe kënaqësia ishin kaq të mëdha, saqë rënkimet e prodhuara mund të dëgjoheshin matanë rrugës duke skandalizuar fqinjët. Dua të them, jo aq shumë, sepse ata tashmë e dinin për famën e tyre.

Me përfundimin nga lart, të dashuruarit kthehen në kuzhinë ku pinë lëng me biskota. Ndërsa hanë, ata bisedojnë për dy orë, duke rritur ndërveprimin e grupit. Sa mirë ishte të mësoja për jetën dhe si të isha i lumtur. Kënaqësia është të jesh mirë me veten dhe me botën që pohon përvojat dhe vlerat e saj para të tjerëve që mbajnë sigurinë se nuk janë në gjendje të gjykohen nga të tjerët. Prandaj, maksimumi që ata besonin ishte "Secili është personi i tij".

Kur bie nata, ata më në fund thonë lamtumirë. Vizitorët largohen nga «Të dashur Pirenejtë» edhe më euforikë kur mendojnë për situata të reja. Bota vetëm vazhdonte të kthehej drejt dy të besuarve. Qofshin me fat!

Klouni maniak

E diela erdhi dhe me të shumë lajme në qytet. Mes tyre, mbërritja e një cirku me emrin «yll», i famshëm në të gjithë Brazilin. Kjo është e gjitha për të cilën folëm në zonë. Në mënyrë të çuditshme, dy motrat programuan të ndiqnin hapjen e shfaqjes që ishte programuar pikërisht këtë natë.

Pranë programit, ata të dy ishin tashmë gati të dilnin pas një darke të veçantë për festimin e të pamartuarve. Të veshur për festën, të dy parakaluan në të njëjtën kohë, ku u larguan nga shtëpia dhe hynë në garazh. Duke hyrë në makinë, ata fillojnë me një nga ata që vijnë poshtë dhe mbyllin garazhin. Me kthimin e të njëjtës, udhëtimi mund të rifillojë pa probleme të tjera.

Duke lënë distriktin Shën Kristofor, drejt distriktit Boa Vista në skajin tjetër të qytetit, kryeqyteti i hinterlandit me rreth tetëdhjetë mijë banorë. Ndërsa ecin përgjatë rrugëve të qeta, mahniten nga arkitektura, dekorimi i Krishtlindjeve, shpirtrat e njerëzve, kishat, malet për të cilat dukej se flitnin, punon aromatike të shkëmbyera në bashkëpunim, zhurma e një shkëmbi të fortë, parfumi francez, bisedat për politikën, biznesin, shoqërinë, partitë, kulturën verilindore dhe sekretet. Gjithsesi, ata ishin krejtësisht të qetë, në ankth, nervozë si dhe të përqendruar.

Rrugës, menjëherë bie një shi i mirë. Për shkak të pritjeve, vajzat hapin dritaret e makinës duke bërë pika të vogla uji të lubrifikojnë fytyrat e tyre. Ky gjest tregon thjeshtësinë dhe vërtetësinë e tyre, kampionët e vërtetë vetë-astralë. Ky është opsioni më i mirë për njerëzit. Cili është qëllimi për të hequr dështimet, shkujdesjen dhe dhimbjen e së kaluarës? Nuk do t'i çonin askund. Ja pse ishin të lumtur me anë të zgjedhjeve të tyre. Edhe pse bota i gjykonte, atyre nuk u interesonte sepse zotëronin fatin e tyre. Gëzuar ditëlindjen për ta!

Rreth dhjetë minuta larg, ata tashmë janë në parkingun e ngjitur me cirkun. Ata mbyllin makinën, ecin disa metra në oborrin e brendshëm të mjedisit. Për të ardhur herët, ata ulen mbi zbardhuesit e parë. Ndërsa ju jeni duke pritur për shfaqjen, ata blejnë kokoshka, birrë, hedhin gjepura dhe fjalë të heshtura. Nuk kishte asgjë më të mirë se të ishe në cirk!

40 minuta më vonë, shfaqja fillon. Ndër tërheqjet janë klounët shakaxhi, akrobatët, artistët trapezë, mashtruesit, globi

i vdekjes, magjistarët, zhonglerët dhe një shfaqje muzikore. Për tre orë, ata jetojnë momente magjike, qesharake, të shpërqendruara, luajnë, bien në dashuri, më në fund, jetojnë. Me ndarjen e shfaqjes, ata sigurohen të shkojnë në dhomën e zhveshjes dhe të përshëndesin një nga klounët. Ai e kishte bërë këtë gjë, duke i gëzuar sikur të mos kishte ndodhur kurrë.

Ngjitu në skenë, duhet të marrësh një linjë. Rastësisht, ata janë të fundit që shkojnë në dhomën e zhveshjes. Atje, ata gjejnë një kloun të shpërfytyruar, larg skenës.

"Ne erdhëm këtu për t'ju uruar për shfaqjen tuaj të madhe. Ka një dhuratë të Zotit në të! Ai e pa Belinha.

"Fjalët e tua dhe gjestet e tua më kanë tronditur shpirtin. Nuk e di, por vura re një trishtim në sytë e tu. A kam të drejtë?

"Faleminderit të dyve për fjalët. Si quhesh? Iu përgjigj klounit.

"Emri im është Amelinha!

"Emri im është Belinha.

"Gëzohem që u njohëm. Mund të më thërrasësh Gilberto! Kam kaluar mjaft dhimbje në këtë jetë. Një prej tyre ishte ndarja e kohëve të fundit nga gruaja ime. Duhet ta kuptosh se nuk është e lehtë të ndahesh nga gruaja jote pas 20 vitesh jete, apo jo? Pavarësisht, unë jam i kënaqur për të përmbushur artin tim.

"I gjori! Më vjen keq! (Amelinha).

"Ç'mend të bëjmë për ta gëzuar atë? (Belinha).

"Nuk e di se si. Pas ndarjes së gruas sime, më mungon shumë. (Gilberto).

"Ne mund ta rregullojmë këtë, apo jo, motër? (Belinha).

"Sigurisht. Ti je një njeri i pashëm. (Amelinha)

"Faleminderit, vajza. Je e mrekullueshme. U përjashtua Gilberto.

Pa pritur më, burri i bardhë, i gjatë, i fortë dhe me sy të errët u zhvesh dhe zonjat ndoqën shembullin e tij. Lakuriq, treshja u fut në lojë aty në dysheme. Më shumë se një shkëmbim ndjenjash dhe fjalësh të pista, seksi i zbaviti dhe i nxiti. Në ato çaste të shkurtra, ata ndienin pjesë të një force më të madhe, dashurinë për Perëndinë. Me anë të dashurisë, arritën në ekstazën më të madhe që mund të arrinte një njeri.

Duke përfunduar aktin, ata vishen dhe thonë lamtumirë. Ky hap tjetër dhe përfundimi që erdhi ishte se njeriu ishte një ujk i egër. Një kloun maniak që nuk do ta harrosh kurrë. Jo më, ata lënë cirkun duke lëvizur në parkim. Ata po hipin në makinë duke filluar rrugën e kthimit. Ditëve të ardhshme iu premtuan më shumë surpriza.

Agimi i dytë ka ardhur më bukur se kurrë. Herët në mëngjes, miqtë tanë janë të kënaqur të ndiejnë nxehtësinë e diellit dhe flladin që endet në fytyrat e tyre. Këto kontraste shkaktuan në aspektin fizik të së njëjtës ndjenjë të mirë lirie, kënaqësie, kënaqësie dhe gëzimi. Ata ishin gati, sepse, për të përballuar një ditë të re.

Megjithatë, ata i përqendrojnë forcat e tyre duke arritur kulmin në ngritjen e tyre. Hapi tjetër është të shkosh në suitë dhe ta bësh atë me një boshllëk ekstrem sikur të ishin të shtetit të Bahia. Për të mos lënduar fqinjët tanë të dashur, sigurisht. Vendi i të gjithë shenjtorëve është një vend shfaqjet plot kulturë, histori dhe tradita shekullare. Jetë të gjatë Bahia.

Në banjë i heqin rrobat nga ndjenja e çuditshme se nuk ishin vetëm. Kush është dëgjuar ndonjëherë për legjendën e banjës biondë? Pas një maratone filmi tmerri, ishte normale të hyje në telashe me të. Në çastin që pasoi, ata ia ngulën kokën duke u përpjekur të ishin më të qetë. Papritur, çdokujt i vjen në mendje, trajektores politike, anës së qytetarëve, anës profesionale, fetare dhe aspektit seksual. Ata ndihen mirë kur janë mjete të papërsosura. Ishin të sigurt se cilësitë dhe të metat i shtonin personalitetit të tyre.

Për më tepër, mbyllen në banjë. Duke hapur dushin, ata e lanë ujin e nxehtë të rrjedhë nëpër trupat e djersitur për shkak të nxehtësisë së një nate më parë. Lëngu shërben si një katalizator që thith të gjitha gjërat e trishtueshme. Kjo është pikërisht ajo që u duhej tani: të harronin dhimbjen, traumën, zhgënjimet, shkujdesjen që përpiqeshin të gjenin shpresa të reja. Viti i tanishëm ishte vendimtar në këtë. Një kthesë fantastike në çdo aspekt të jetës.

Procesi i pastrimit fillon me përdorimin e sfungjerëve të bimëve, sapunit, Larje koke, përveç Ujit. Aktualisht, ata ndjejnë një nga kënaqësitë më të mira që të detyron të kujtosh biletën në shkëmbinjtë koral orë dhe aventurat në plazh. Në mënyrë intuitave, shpirti i tyre i egër kërkon më shumë aventura në atë që qëndrojnë për të analizuar sa më shpejt që të munden. Situata e favorizuar nga koha e lirë e kryer në punën e të dyve si një çmim kushtimi për shërbimin publik.

Për rreth 20 minuta, ata lanë pak mënjanë synimet e tyre për të jetuar një moment reflektues në intimitetin e tyre përkatës. Në fund të këtij aktiviteti, ata dalin nga tualeti, fshijnë trupin e lagur me peshqir, veshin rroba dhe këpucë të pastra, veshin parfum zviceran, makijazh të importuar nga Gjermania me syze dielli dhe tiara vërtet të bukura. Plotësisht gati, ata lëvizin në kupë me çantat e tyre në rrip dhe përshëndeten të lumtur me ribashkimin falë Zotërisë së mirë.

Në bashkëpunim, ata përgatisin një mëngjes zilie: kuskusi në salcë pule, perime, fruta, kafe-krem dhe biskotë. Në pjesë të barabarta, ushqimi është i ndarë. Ata i alternojnë çastet e heshtjes me shkëmbime të shkurtra fjalësh, sepse ishin të sjellshëm. Për të përfunduar mëngjesin, nuk ka shpëtim përtej asaj që ata kishin ndërmend.

"Çfarë sugjeron, Belinha? Jam mërzitur!

"Unë kam një ide të zgjuar. Të kujtohet ai personi që takuam në festivalin letrar?

"Më kujtohet. Ai ishte shkrimtar, dhe emri i tij ishte Hyjnor.

"Unë e kam numrin e tij. Si thua të kontaktojmë? Dua të di se ku jeton.

"Edhe unë. Ide e bukur. Bëje. Do të më pëlqejë.

"Në rregull!

Belinha hapi çantën, mori telefonin dhe filloi të telefononte. Në pak çaste, dikush i përgjigjet linjës dhe biseda fillon.

"Tungjatjeta.

"Tungjatjeta, Hyjnore. Në rregull?

"Në rregull, Belinha. Si të shkojnë punët?

"Ne jemi duke bërë mirë. Shiko, është akoma ftesa? Motra ime dhe unë do të donim të kishim një shfaqje të veçantë sonte.

"Sigurisht, po. Nuk do të pendohesh. Këtu kemi sharra, natyrë të bollshme, ajër të pastër përtej kompanisë së madhe. Edhe unë jam në dispozicion sot.

"Sa e mrekullueshme. Epo, na prit në hyrje të fshatit. Në më shumë se 30 minuta ne jemi atje.

"Është në rregull. Shihemi më vonë!

"Shihemi më vonë!

Thirrja mbaron. Me një pullë të stampuar, Belinha kthehet për të komunikuar me motrën e saj.

"Ai tha po. A bën?

"Eja. Çfarë po presim?

Të dy parakalojnë nga kupa deri në dalje të shtëpisë, duke e mbyllur derën pas tyre me një çelës. Pastaj transferohen në garazh. Ata ngasin makinën zyrtare të familjes, duke lënë pas problemet e tyre duke pritur surpriza dhe emocione të reja në tokën më të rëndësishme në botë. Nëpër qytet, me një zë të lartë të ndezur, e mbajtën shpresën e tyre të vogël për veten e tyre. Ia vlejti gjithçka në atë moment derisa mendova shansin për të qenë i lumtur përgjithmonë.

Me një kohë të shkurtër, ata marrin anën e djathtë të autostradës BR 232. Kështu, ajo e nis rrugën drejt arritjes dhe lumturisë. Me një shpejtësi të moderuar, ata mund të shijojnë peizazhin malor në brigjet e shtegut. Edhe pse ishte një mjedis i njohur, çdo kalim atje ishte më shumë se një risi. Ishte një vetvete e ri zbuluar.

Duke kaluar nëpër vende, ferma, fshatra, re blu, hi dhe trëndafila, ajri i thatë dhe temperatura e nxehtë shkojnë. Në kohën e programuar, ata po vijnë në hyrjen më bukolike të hyrjes së Brazilit në brendësi të vendit. Mimoso i kolonelëve, psikikës, ngjizjes së pama uluar dhe njerëzve me kapacitet të lartë intelektual.

Kur ndaluan nga hyrja e krahinës, po prisnin mikun tënd

të dashur me të njëjtën buzëqeshje si gjithmonë. Një shenjë e mirë për ata që po kërkonin aventura. Duke dalë nga makina, ata shkojnë të takojnë kolegun fisnik që i merr me një përqafim duke u bërë treshe. Ky çast nuk duket se do të marrë fund. Ata janë tashmë të përsëritur, ata fillojnë të ndryshojnë përshtypjet e para.

"Si je, Hyjnor? Pyeti Belinha.

"Mirë, si je? Korrespondonte me psikikën.

"Shkëlqyeshëm! (Belinha).

"Më mirë se kurrë, e plotësonte Amelinha.

"Kam një ide të mirë. Po sikur të ngjitemi në malin Ororubá? Pikërisht tetë vjet më parë filloi trajektorja ime në letërsi.

"Çfarë bukurie! Do të jetë një nder! (Amelinha).

"Edhe për mua! E dua natyrën. (Belinha).

"Pra, le të shkojmë tani. (Aldivan).

Duke firmosur për të ndjekur, miku misterioz i dy motrave përparoi në rrugët në qendër të qytetit. Poshtë në të djathtë, duke hyrë në një vend privat dhe duke ecur rreth njëqind metra i vendos në fund të sharrës. Ata bëjnë një ndalesë të shpejtë, kështu që mund të pushojnë dhe të hidratohen. Si ishte të ngjiteshe në mal pas gjithë këtyre aventurave? Ndjenja ishte paqja, mbledhja, dyshimi dhe ngurrimi. Ishte sikur të ishte hera e parë me të gjitha sfidat e taksuara nga fati. Papritur, miqtë përballen me shkrimtarin e madh me një buzëqeshje.

"Si filloi e gjithë kjo? Çfarë do të thotë kjo për ty? (Belinha).

"Në 2009, jeta ime u përfshi në monotoni. Ajo që më mbajti gjallë ishte vullneti për të jashtë mizuar atë që ndjeva në botë. Kjo është kur kam dëgjuar për këtë mal dhe fuqitë e shpellës së tij të mrekullueshme. Në asnjë mënyrë, vendosa të rrezikoj në emër të ëndrrës sime. Bëra gati valixhen, u ngjita në mal, bëra tri sfida, të cilat u akreditova, hynë në shpellën e dëshpërimit, shpellës më vdekjeprurëse dhe më të rrezikshme në botë. Brenda saj, unë kam tejkaluar sfidat e mëdha duke përfunduar për të shkuar në dhomë. Në atë moment ekstazë ndodhi mrekullia, unë u bëra psikike, një qenie e gjithëdijshëm nëpërmjet vizioneve të tij. Deri tani, ka pasur edhe 20 aventura të tjera dhe nuk do të ndalem kaq shpejt. Falë lexuesve, gradualisht, po arrij synimin tim për të pushtuar botën .

"Emocionuese. Unë jam fansi yt. (Amelinha).

"Prekëse. Unë e di se si duhet të ndjeheni për kryerjen e kësaj detyre përsëri. (Belinha).

"Shkëlqyeshëm. Ndiej një përzierje gjërash të mira, përfshirë suksesin, besimin, kthetrat dhe optimizmin. Kjo më jep energji të mirë, tha psikiatri.

"Mirë. Çfarë këshille na jep?

"Le të mbajmë fokusin tonë. A jeni gati për të gjetur më mirë për veten tuaj? (mjeshtri).

"Po. Ata ranë dakord me të dy.

"Pastaj më ndiqni mua.

Treshja ka rinisur ndërmarrjen. Dielli ngrohet, era fryn pak më fort, zogjtë fluturojnë dhe këndojnë, gurët dhe gjembat duket se lëvizin, toka dridhet dhe zërat e maleve fillojnë të veprojnë. Ky është mjedisi i pranishëm në ngjitjen e sharrës.

Me shumë përvojë, burri në shpellë ndihmon gratë gjatë gjithë kohës. Duke vepruar kështu, ai vuri virtyte praktike të rëndësishme si solidaritet dhe bashkëpunim. Në këmbim, ata i dhanë atij një nxehtësi njerëzore dhe një dedikim të pashoq.

Mund të themi se ishte ajo treshe e pakapërcyeshme, e pandalshme, kompetente.

Pak nga pak, ata ecin hap pas hapi në hapat e lumturisë. Pavarësisht nga arritjet e konsiderueshme, ata mbeten të palodhur në kërkimin e tyre. Në një vazhdim, ata ngadalësojnë pak ritmin e ecjes, por duke e mbajtur atë të qëndrueshme. Siç thotë një shprehje, ngadalë shkon larg. Kjo siguri i shoqëron ata gjatë gjithë kohës duke krijuar një spektër shpirtëror pacientësh, kujdes, tolerancë dhe kapërcim. Me këto elemente, ata kishin besim për të kapërcyer çdo vështirësi.

Pika tjetër, guri i shenjtë, përfundon një të tretën e kursit. Ka një pushim të shkurtër dhe ata kënaqen kur luten, falënderojnë, meditojnë dhe planifikojnë hapat e tjerë. Në masën e duhur, po kërkonin të kënaqnin shpresat, frikën, dhembjet, torturat dhe brengat e tyre. Sepse kanë besim, një paqe e pashuar u mbush zemrat.

Me rifillimin e udhëtimit, pasiguria, dyshimet dhe forca e të papriturave kthehet për të vepruar. Ndonëse kjo mund t'i frikësonte, ata mbartën sigurinë e pranisë së Perëndisë dhe të farës së vogël të tokës. Asgjë ose askush nuk mund t'i dëmtonte, thjesht sepse Perëndia nuk do ta lejonte. Ata e kuptuan këtë mbrojtje në çdo moment të vështirë të jetës, ku të tjerët thjesht i braktisën. Perëndia është në mënyrë të efektshme miku ynë i vetëm besnik.

Për më tepër, ata janë gjysma e rrugës. Ngjitja mbetet e drejtuar me më shumë përkushtim dhe melodi. Ndryshe nga ç 'ndodh zakonisht me alpinistët e zakonshëm, ritmi ndihmon motivimin, vullnetin dhe dorëzimin. Ndonëse nuk ishin atletë, ishte e jashtëzakonshme të ishin të shëndetshëm dhe të angazhuar në moshë të re.

Pas përfundimit të tre të katërtat e rrugës, shpresa vjen në nivele të padurueshme. Sa kohë duhet të presin? Në këtë çast presioni, gjëja më e mirë për t'u bërë ishte të përpiqesha të kontrolloja vrullin e kureshtjes. Të gjithë të kujdesshëm tani ishte për shkak të veprimit të forcave kundërshtare.

Me pak më shumë kohë, ata më në fund përfundojnë rrugën. Dielli ndriçon më shumë, drita e Perëndisë i ndriçon dhe del nga një shteg, roja dhe djali i tij Renato. Çdo gjë kishte rilindur plotësisht në zemrën e atyre të vegjëlve të dashur. Ata e meritonin këtë hir që kishin punuar kaq shumë. Hapi tjetër i psikikës është të hasësh në një përqafim të ngushtë me mirëbërësit e tij. Kolegët e tij e ndjekin dhe e përqafojnë pesëfish.

« Më vjen mirë që të shoh, bir i Perëndisë! Nuk të kam parë për një kohë të gjatë! Instinkti im i nënës më paralajmëroi për afrimin tënd, tha zonja stërgjyshe.

"Më vjen mirë! Më kujtohet aventura ime e parë. Kishte kaq shumë emocione. Mali, sfidat, shpella dhe udhëtimi në kohë kanë shënuar historinë time. Kthimi këtu më sjell kujtime të mira. Tani, unë sjell me vete dy luftëtarë miqësorë. Ata kishin nevojë për këtë mbledhje me të shenjtën.

"Si quheni, zonja? Pyeti rojën e Malit.

"Emri im është Belinha, dhe unë jam një kontrollor.

"Quhem Amelinha dhe jam mësuese. Jetojmë në Arcoverde.

"Mirëserdhët, zonja. (Rojtari i Malit.).

"Ne jemi mirënjohës! Thënë në të njëjtën kohë dy vizitorët me lot që u rrjedhin nëpër sy.

"Edhe unë i dua miqësitë e reja. Të jem pranë zotërisë tim përsëri më jep një kënaqësi të veçantë nga ata të papërshkrueshëm. Të vetmit njerëz që dinë të kuptojnë se jemi ne të dy. A nuk është kështu, partner? (Renato).

"Ti nuk ndryshon kurrë, Renato! Fjalët e tua janë të paçmueshme. Me gjithë çmendurinë time, gjetja e tij ishte një nga gjërat e mira të fatit tim.

Miku im dhe vëllai im iu përgjigjën psikikes pa llogaritur fjalët. Ata dolën natyrshëm për ndjenjën e vërtetë që ushqente për të.

"Ne jemi të korresponduar në të njëjtën masë. Kjo është arsyeja pse historia jonë është një sukses, tha i riu.

"Sa mirë të jesh në këtë histori. Nuk e kisha idenë sa i veçantë ishte mali në trajektoren e tij, i dashur shkrimtar, tha Amelinha.

"Ai është me të vërtetë i admirueshëm, motër. Përveç kësaj, miqtë e tu janë vërtet të mirë. Ne po jetojmë trillimin e vërtetë dhe kjo është gjëja më e mrekullueshme që ekziston. (Belinha).

"Ne e vlerësojmë komplimentin. Megjithatë, duhet të jeni të lodhur nga përpjekjet e përdorura në ngjitje. Si thua të shkojmë në shtëpi? Gjithmonë kemi diçka për të ofruar. (Zonja).

"Ne kemi shfrytëzuar rastin për të kapur bisedat tona. Më mungon shumë Renato.

"Mendoj se është e mrekullueshme. Sa për zonjat, çfarë thua?

"Do të më pëlqejë. (Belinha).

"Ne do ta bëjmë!

"Atëherë le të shkojmë! E ka përfunduar mjeshtrin.

Grup fillon të ecë sipas rendit të dhënë nga ajo figurë fantastike. Menjëherë, një goditje e ftohtë përmes skeleteve të lodhura të klasës. Kush ishte ajo grua dhe çfarë fuqie kishte ajo? Pavarësisht nga kaq shumë momente së bashku, misteri mbeti i mbyllur si një derë për shtatë çelësa. Ata nuk do ta dinin kurrë sepse ishte pjesë e sekretit të malit. Njëkohësisht, zemrat e tyre mbetën në mjegull. Ata ishin të rraskapitur nga dhurimi i dashurisë dhe mos marrja, falja dhe zhgënjyes përsëri. Sidoqoftë, ose do të mësoheshin me realitetin e jetës, ose do të vuanin shumë. Prandaj, kishin nevojë për disa këshilla.

Hap pas hapi, ata do të kapërcejnë pengesat. Në çast dëgjojnë një britmë shqetësuese. Me një shikim, shefi i qetëson. Ky ishte kuptimi i hierarkisë, ndërsa shërbëtorët më të fortë dhe më me përvojë mbroheshin, kurse shërbëtorët ktheheshin me përkushtim, adhurim dhe miqësi. Ishte një rrugë me dy rrugë.

Mjerisht, ata do ta përballojnë ecjen me shumë dhe me butësi. Çfarë ideje kishte kaluar në kokën e Belinha? Ata ishin në mes të shkurreve të shkatërruara nga kafshë të këqija që mund t'i lëndonin. Përveç kësaj, në këmbët e tyre kishte gjemba dhe gurë me majë. Si çdo situatë ka pikëpamjen e saj, duke qenë se atje ishte shansi i vetëm për të kuptuar veten dhe dëshirat tuaja, diçka deficit në jetën e vizitorëve. Shpejt ia vlejti aventura.

Në gjysmën tjetër të rrugës, ata do të bëjnë një ndalesë. Aty afër, kishte një pemishte. Ata po drejtohen për në parajsë.

Duke iu referuar tregimit biblik, ata ndiheshin krejtësisht të lirë dhe të integruar në natyrë. Ashtu si fëmijët, luajnë duke u ngjitur në pemë, marrin frutat, zbresin dhe i hanë. Pastaj meditojnë. Ata mësuan sapo jeta bëhet me anë të momenteve. Pavarësisht nëse janë të trishtuar apo të lumtur, është mirë t'i gëzojmë kur jemi gjallë.

Menjëherë pas kësaj, ata bëjnë një banjë freskuese në liqenin e ngjitur. Ky fakt shkakton kujtime të bukura të një herë e një kohë, të përvojave më të jashtëzakonshme në jetën e tyre. Sa mirë ishte të ishe fëmijë! Sa e vështirë ishte të rriteshe dhe të përballeshe me jetën e të rriturve. Jeto me gënjeshtrat, gënjeshtrën dhe moralin e rremë të njerëzve.

Duke ecur përpara, ata po i afrohen fatit. Në të djathtë të shtegut, tashmë mund të shohësh kërthizën e thjeshtë. Kjo ishte shenjtërorja e njerëzve më të mrekullueshëm dhe misteriozë në mal. Ata ishin të mrekullueshëm, ajo që provon se vlera e një personi nuk është në atë që zotëron. Fisnikëria e shpirtit është në karakter, në sjellje bamirëse dhe këshilluese. Pra, thotë thënia: një mik në shesh është më i mirë se paratë e depozituara në një bankë.

Disa hapa përpara, ndalojnë përpara hyrjes së kabinës. A do të marrin përgjigje për pyetjet e tua të brendshme? Vetëm koha mund t'i përgjigjej kësaj pyetjeje dhe pyetjeve të tjera. Gjëja e rëndësishme në lidhje me këtë ishte se ata ishin atje për çdo gjë që vjen dhe shkon.

Duke marrë rolin e mikpritëses, kujdestari hap derën, duke i dhënë të gjithë të tjerëve hyrjen në brendësi të shtëpisë. Ata hyjnë në kubiken bosh, duke vëzhguar gjithçka gjerësisht. Atyre u bën përshtypje kënaqësia e vendit të paraqitur nga zbukurimet, objektet, mobilet dhe klima e misterit. Kontradiktore, kishte më shumë pasuri dhe larmi kulturore sesa në shumë pallate. Prandaj, mund të ndihemi të lumtur e të plotë edhe në mjedise të përulura.

Një nga një, do të vendoseni në vendet që janë në dispozicion, përveçse Renato do të shkojë në kuzhinë për të përgatitur drekën. Klima fillestare e ndrojtjes është thyer.

"Do të doja të njihja më mirë, vajza.

"Ne jemi dy vajza nga Arcoverde Qyteti. Ne jemi të lumtur profesionalisht, por dështakë në dashuri. Që kur u tradhtova nga partneri im i vjetër, jam zhgënjyer, rrëfeu Belinha.

"Kjo është kur vendosëm të ktheheshim tek burrat. Bëmë një pakt për t'i joshur dhe për t'i përdorur si objekt. Nuk do të vuajmë më kurrë, tha Amelinha.

"Unë u jap atyre të gjithë mbështetjen time. I takova në turmë dhe tani ka ardhur mundësia e tyre për t'i vizituar këtu. (Biri i Perëndisë)

"Interesante. Ky është një reagim i natyrshëm ndaj vuajtjeve të zhgënjimeve. Megjithatë, nuk është mënyra më e mirë për t'u ndjekur. Të gjykosh një lloj të tërë nga qëndrimi i një personi është një gabim i qartë. Secili ka individualitetin e vet. Kjo fytyrë e shenjtë dhe e paturpshme e jotja mund të krijojë më shumë konflikte dhe kënaqësi. Ju takon juve të gjeni pikën e duhur të kësaj historie. Ajo që mund të bëj është mbështetja siç bëri miku yt dhe u bë një aksesor i kësaj historie analizoi shpirtin e shenjtë të malit.

"Do ta lejoj. Dua të gjej veten në këtë faltore. (Amelinha).

"Unë e pranoj gjithashtu miqësinë tuaj. Kush e dinte që do

të isha në një telenovelat fantastike? Miti i shpellës dhe i malit duket i tillë tani. Mund të bëj një dëshirë? (Belinha).

"Sigurisht, i dashur.

"Njësitë malore mund të dëgjojnë kërkesat e ëndërrimtarëve të përulur siç më ka ndodhur mua. Ki besim! (i biri i All-llahet).

"Unë jam aq i pabesuar. Por nëse thua kështu, do përpiqem. Kërkoj një përfundim të suksesshëm për të gjithë ne. Secili nga ju le të realizohet në fushat kryesore të jetës.

"Unë e jap atë! Gjëmon një zë të thellë në mes të dhomës.

Të dyja prostitutat kanë bërë një kërcim në tokë. Ndërkohë, të tjerët qeshën dhe qanë për reagimin e të dyve. Ky fakt kishte qenë më shumë një veprim fati. Çfarë befasie. Askush nuk mund ta kishte parashikuar se çfarë po ndodhte në majë të malit. Meqë në skenë kishte vdekur një indian i famshëm, ndjesia e realitetit i kishte lënë vend të mbinatyrshmes, misterit dhe të pazakontës.

"Çfarë dreqin ishte ai bubullimë? Unë po dridhem deri tani, rrëfeu Amelinha.

"Dëgjova se çfarë tha zëri. Ajo konfirmoi dëshirën time. Po ëndërroj? Pyeti Belinha.

"Mrekullitë ndodhin! Me kalimin e kohës, do ta dish saktësisht se ç'do të thotë ta thuash këtë, tha mjeshtri.

"Unë besoj në mal dhe ju duhet të besoni në të gjithashtu. Me anë të mrekullisë së saj, unë qëndroj këtu i bindur dhe i sigurt për vendimet e mia. Nëse dështojmë një herë, mund ta fillojmë nga e para. Ka gjithmonë shpresë për ata të gjallësiguroi shamanët e psikikës që tregon një sinjal në çati.

"Një dritë. Çfarë do të thotë kjo? (Belinha).

"Është kaq e bukur dhe e shndritshme. (Amelinha).

"Kjo është drita e miqësisë sonë të përjetshme. Edhe pse zhduket fizikisht, ajo do të mbetet e paprekur në zemrat tona. (Gardian

"Ne jemi të gjithë të lehtë, ndonëse në mënyra të shquara. Fati ynë është lumturia. (Psikike).

Aty vjen Renato ja dhe bën një propozim.

"Është koha të dalim dhe të gjejmë disa miq. Ka ardhur koha për argëtim.

"Mezi po e pres atë. (Belinha)

"Çfarë po presim? Është koha. (Britmat)

Kuarteti del në pyll. Ritmi i hapave është i shpejtë ajo që zbulon një ankth të brendshëm të personazheve. Mjedisi rural i Mimoso kontribuoi në një shfaqje të natyrës. Çfarë vështirësish do të hasje? A do të ishin të rrezikshme kafshët e egra? Mitet e malit mund të sulmonin në çdo kohë që ishte mjaft e rrezikshme. Por guximi ishte një cilësi që e mbanin të gjithë atje. Asgjë nuk do ta ndalojë lumturinë e tyre.

Erdhi koha. Në ekipin e pasurive, ishte një zezak, Renato dhe një person me flokë bionde. Në skuadrën pasive ishte Divine, Belinha dhe Amelinha. me ekipin e formuar, argëtimi fillon midis të gjelbërve gri nga pyjet e vendit.

Djaloshi i zi shkon me Hyjnoren. Renato shkon me Amelinha dhe biondja shkon me Belinha. Seksi në grup fillon me shkëmbimin e energjisë midis të gjashtëve. Ishin të gjithë për një. Etja për seks dhe kënaqësi ishte e zakonshme për të gjithë. Duke ndryshuar pozicionet, secili përjeton ndjesi unike. Ata provojnë seksin anal, seksin vaginal, seksin oral, seksin në grup midis modaliteteve të tjera të seksit. Kjo tregon se dashuria nuk është mëkat. Është një tregti e energjisë themelore për evolucionin njerëzor. Pa faj, ata e shkëmbejnë shpejt partnerin, i cili siguron orgazma të shumta. Është një përzierje ekstazë që përfshin grupin. Kalojnë orë të tëra duke bërë seks derisa të lodhen.

Pasi të përfundojnë të gjitha, ata kthehen në pozicionet e tyre fillestare. Kishte ende shumë për të zbuluar në mal.

Mëngjesi i së hënës më i bukur se kurrë. Herët në mëngjes, miqtë tanë kënaqen kur ndiejnë nxehtësinë e diellit dhe flladin që endet në fytyrat e tyre. Këto kontraste shkaktuan në aspektin fizik të së njëjtës ndjenjë të mirë lirie, kënaqësie, kënaqësie dhe gëzimi. Ata ishin gati, sepse, për të përballuar një ditë të re.

Në një mendim të dytë, ata i përqendrojnë forcat e tyre duke arritur kulmin në ngritjen e tyre. Hapi tjetër është të shkosh në suita dhe ta bësh atë me një boshllëk ekstrem sikur të ishin nga gjendja e Bahia. Për të mos lënduar fqinjët tanë të dashur, sigurisht. Vendi i të gjithë shenjtorëve është një vend E mahnitshme plot kulturë , histori dhe tradita shekullare. Rroftë Bahia!

Në banjë i heqin rrobat nga ndjenja e çuditshme se nuk ishin vetëm. Kush është dëgjuar ndonjëherë për legjendën e banjës bjonde? Pas një maratone filmi tmerri, ishte normale të hyje në telashe me të. Në çastin që pasoi, ata ia ngulën kokën duke u përpjekur të ishin më të qetë. Papritur, secilit prej tyre i vjen në mendje trajektorja politike, ana e qytetarëve, ana profesionale, fetare dhe aspekti i tyre seksual. Ata ndihen mirë kur janë mjete të papërsosura. Ishin të sigurt se cilësitë dhe të metat i shtonin personalitetit të tyre.

Mbyllen në banjë. Duke hapur dushin, ata e lanë ujin e nxehtë të rrjedhë nëpër trupat e djersitur për shkak të nxehtësisë së një nate më parë. Lëngu shërben si një katalizator që thith të gjitha gjërat e trishtueshme. Kjo është pikërisht ajo që u nevojitej tani: harrojeni dhimbjen, traumën, zhgënjimet, shkujdesjen duke u përpjekur të gjenin shpresa të reja. viti i tanishëm kishte qenë vendimtar në të. Një kthesë fantastike në çdo aspekt të jetës.

Procesi i pastrimit fillon me përdorimin e fshirësit të trupit, sapunit, larje koke përtej ujit. Aktualisht, ata ndjejnë një nga kënaqësitë më të mira që i detyron të kujtojnë kalimin në shkëmbinjtë koral ore dhe aventurat në plazh. Në mënyrë intuitave, shpirti i tyre i egër kërkon më shumë aventura në atë që qëndrojnë për të analizuar sa më shpejt që të munden. Situata e favorizuar nga koha e lirë e kryer në punën e të dyve si një çmim kushtimi për shërbimin publik.

Për rreth 20 minuta, ata lanë pak mënjanë synimet e tyre për të jetuar një moment reflektues në intimitetin e tyre përkatës. Në fund të këtij aktiviteti, ata dalin nga tualeti, fshijnë trupin e lagur me peshqir, veshin rroba dhe këpucë të pastra, veshin parfum zviceran, makijazh të importuar nga Gjermania me syze dielli dhe tiara vërtet të bukura. Plotësisht gati, ata lëvizin në kupë me çantat e tyre në rrip dhe përshëndeten të lumtur me ribashkimin falë Zotërisë së mirë.

Në bashkëpunim, ata përgatisin një mëngjes me smirë, salcë pule, perime, fruta, kafe-krem dhe biskota. Në pjesë të barabarta, ushqimi është i ndarë. Ata i alternojnë çastet e heshtjes me shkëmbime të shkurtra fjalësh, sepse ishin të sjellshëm. Mëngjesin e përfunduar, nuk ka mbetur asnjë arratisje nga sa ata kishin ndërmend.

"Çfarë sugjeron, Belinha? Jam mërzitur!

"Unë kam një ide të zgjuar. Të kujtohet ai tipi që gjetëm në turmë?

"Më kujtohet. Ai ishte shkrimtar, dhe emri i tij ishte Hyjnor.

"Unë kam numrin e tij të telefonit. Si thua të kontaktojmë? Dua të di se ku jeton.

"Edhe unë. Ide e bukur. Bëje. Do të më pëlqente shumë.

"Në rregull!

Belinha hapi çantën, mori telefonin dhe filloi të telefononte. Në pak çaste, dikush i përgjigjet linjës dhe biseda fillon.

"Tungjatjeta.

"Tungjatjeta, Hyjnore, si je?

"Në rregull, Belinha. Si të shkojnë punët?

"Ne jemi duke bërë mirë. Shiko, është akoma ftesa? Unë dhe motra ime do të donim të kishim një shfaqje të veçantë sonte.

"Sigurisht, po. Nuk do të pendohesh. Këtu kemi sharra, natyrë të bollshme, ajër të pastër përtej kompanisë së madhe. Edhe unë jam në dispozicion sot.

"Sa e mrekullueshme! Pastaj na prit në hyrje të fshatit. Në më shumë se 30 minuta ne jemi atje.

"Në rregull! Pra, deri atëherë!

"Shihemi më vonë!

Thirrja mbaron. Me një pullë të stampuar, Belinha kthehet për të komunikuar me motrën e saj.

"Ai tha po. Të shkojmë?

"Eja! Çfarë po presim?

Të dy paradat nga kupa deri në dalje të shtëpisë duke mbyllur derën pas tyre me një çelës. Atëherë shko në garazh. Pilotimi i makinës zyrtare familjare, duke lënë pas problemet e tyre duke pritur surpriza dhe emocione të reja në tokën më të rëndësishme në botë. Nëpër qytet, me një zë të lartë të ndezur, e mbajtën shpresën e tyre të vogël për veten e tyre. Ia vlejti gjithçka në atë moment derisa mendova shansin për të qenë i lumtur përgjithmonë.

Me një kohë të shkurtër, ata marrin anën e djathtë të autostradës BR 232. Prandaj, fillo rrugën drejt arritjes dhe lumturisë. Me një shpejtësi të moderuar, ata mund të shijojnë peizazhin malor në brigjet e shtegut. Edhe pse ishte një mjedis i njohur, çdo kalim atje ishte më shumë se një risi. Ishte një vetvete e ri zbuluar.

Duke kaluar nëpër vende, ferma, fshatra, re blu, hi dhe trëndafila, ajri i thatë dhe temperatura e nxehtë shkojnë. Në kohën e programuar, ata po vijnë në hyrjen më bukolike të brendësisë së shtetit të Pernambuco. Mimoso i kolonelëve, psikikës, ngjizjes së pama uluar dhe njerëzve me kapacitet të lartë intelektual.

Kur ndaluat pranë hyrjes së krahinës, po prisnit mikun tuaj të dashur me të njëjtën buzëqeshje si gjithmonë. Një shenjë e mirë për ata që po kërkonin aventura. Dilni nga makina, shkoni të takoni kolegun fisnik që i merr me një përqafim duke u bërë treshe. Ky çast nuk duket se do të marrë fund. Ata janë tashmë të përsëritur, ata fillojnë të ndryshojnë përshtypjet e para.

"Si je, Hyjnor? (Belinha)

"Po ti? (Psikike)

"Shkëlqyeshëm! (Belinha)

"Më mirë se kurrë "(Amelinha)

"Kam një ide të mirë, si thua sikur të ngjitemi në malin Ororubá? Pikërisht tetë vjet më parë filloi trajektorja ime në letërsi.

"Çfarë bukurie! Do të jetë një nder! (Amelinha)

"edhe për mua! E dua natyrën! (Belinha)

"Pra, le të shkojmë tani! (Aldivan)

Duke firmosur për ta ndjekur, miku misterioz i dy motrave përparoi në rrugët e qendrës së qytetit. Poshtë në të djathtë, duke hyrë në një vend privat dhe duke ecur rreth njëqind metra i vendos në fund të sharrës. Ata bëjnë një ndalesë të shpejtë për t'u çlodhur dhe për t'u hidratuar. Si ishte të ngjiteshe në mal pas gjithë këtyre aventurave? Ndjenja ishte paqja, mbledhja, dyshimi dhe ngurrimi. Ishte sikur të ishte hera e parë me të gjitha sfidat e taksuara nga fati. Papritur, miqtë përballen me shkrimtarin e madh me një buzëqeshje.

"Si filloi e gjithë kjo? Çfarë do të thotë kjo për ty? (Belinha)

"Në 2009, jeta ime u përfshi në monotoni. Ajo që më mbajti gjallë ishte vullneti për të jashtë mizuar atë që ndjeva në botë. Kjo është kur kam dëgjuar për këtë mal dhe fuqitë e shpellës së tij të mrekullueshme. Në asnjë mënyrë, vendosa të rrezikoj në emër të ëndrrës sime. Bëra gati valixhen, u ngjita në mal, bëra tri sfida, të cilat m'ua dhanë kredenciale, hynë në shpellën e dëshpërimit, shpellës më vdekjeprurëse dhe më të rrezikshme në botë. Brenda saj, unë kam tejkaluar sfidat e mëdha duke përfunduar për të shkuar në dhomë. Në atë moment ekstazë ndodhi mrekullia, unë u bëra psikike, një qenie e gjithëdijshëm nëpërmjet vizioneve të tij. Deri tani, ka pasur edhe 20 aventura të tjera dhe nuk kam ndërmend të ndalem kaq shpejt. Me ndihmën e lexuesve, pak nga pak, po arrij synimin për të pushtuar botën. (Biri i Zotit)

"Emocionuese! Unë jam fansi yt. (Amelinha)

« E di si duhet të ndihesh kur e kryen përsëri këtë detyrë. (Belinha)

"Shumë mirë! Ndiej një përzierje gjërash të mira, përfshirë suksesin, besimin, kthetrat dhe optimizmin. Kjo më jep energji të mirë. (Psikike)

"Mirë! Çfarë këshille na jep? (Belinha)

"Le të mbajmë fokusin tonë. A jeni gati për të gjetur më mirë për veten tuaj? (Mjeshtri)

"Po! Ata ranë dakord me të dy.

"Atëherë më ndiqni mua!

Treshja ka rinisur ndërmarrjen. Dielli ngrohet, era fryn pak më fort, zogjtë fluturojnë dhe këndojnë, gurët dhe gjembat duket se lëvizin, toka dridhet dhe zërat e maleve fillojnë të veprojnë. Ky është mjedisi i pranishëm në ngjitjen e sharrës.

Me shumë përvojë, burri në shpellë ndihmon gratë gjatë gjithë kohës. Duke vepruar kështu, ai vuri virtyte praktike të rëndësishme si solidaritet dhe bashkëpunim. Në këmbim, ata i dhanë atij një nxehtësi njerëzore dhe një dedikim të paanë. Mund të themi se ishte ajo treshe e pakapërcyeshme, e pandalshme, kompetente.

Pak nga pak, ata ecin hap pas hapi në hapat e lumturisë. Me përkushtim dhe këmbëngulje, ata e kalojnë pemë-në më të lartë, përfundojnë çerekun e rrugës. Pavarësisht nga arritjet e konsiderueshme, ata mbeten të palodhur në kërkimin e tyre. Ata ishin sepse urime.

Në një vazhdim, ngadalësoni pak ritmin e ecjes, por duke e mbajtur atë të qëndrueshme. Siç thotë një shprehje, ngadalë shkon larg. Kjo siguri i shoqëron ata gjatë gjithë kohës duke krijuar një spektër shpirtëror durimi, maturie, tolerance dhe kapërcimi. Me këto elemente, ata kishin besim për të kapërcyer çdo vështirësi.

Pika tjetër, guri i shenjtë përfundon një të tretën e kursit. Ka një pushim të shkurtër dhe ata kënaqen kur luten, falënderojnë, meditojnë dhe planifikojnë hapat e tjerë. Në masën e duhur, po kërkonin të kënaqnin shpresat, frikën, dhembjet, torturat dhe brengat e tyre. Sepse kanë besim, një paqe e pashuar u mbush zemrat.

Me rifillimin e udhëtimit, pasiguria, dyshimet dhe forca e të papriturave kthehet për të vepruar. Ndonëse mund t'i trembte, ata kishin sigurinë se ishin në prani të zhurmës së brendshme. Asgjë ose askush nuk mund t'i dëmtonte, thjesht sepse Perëndia nuk do ta lejonte. Ata e kuptuan këtë mbrojtje në çdo moment të vështirë të jetës, ku të tjerët thjesht i braktisën. Perëndia është në mënyrë të efektshme miku ynë i vetëm i vërtetë dhe besnik.

Për më tepër, ata janë gjysma e rrugës. Ngjitja mbetet e drejtuar me më shumë përkushtim dhe melodi. Ndryshe nga ç 'ndodh zakonisht me alpinistët e zakonshëm, ritmi ndihmon motivimin, vullnetin dhe dorëzimin. Edhe pse nuk ishin atletë, ishte e jashtëzakonshme performanca e tyre për të qenë të shëndetshëm dhe të angazhuar të rinj.

Nga kursi i tremujorit të tretë, shpresa vjen në nivele të

padurueshme. Sa kohë duhet të presin? Në këtë çast presioni, gjëja më e mirë për t'u bërë ishte të përpiqesha të kontrolloja vrullin e kureshtjes. Të gjithë të kujdesshëm tani ishte për shkak të veprimit të forcave kundërshtare.

Me pak më shumë kohë, më në fund mbarojnë kursin. Dielli ndriçon më shumë, drita e Perëndisë i ndriçon dhe del nga një shteg, roja dhe djali i tij Renato. Çdo gjë kishte rilindur plotësisht në zemrën e atyre të vegjëlve të dashur. Ata e kanë fituar këtë hijeshi nëpërmjet ligjit të bimëve të mbjella. Hapi tjetër i psikikës është të hasësh në një përqafim të ngushtë me mirëbërësit e tij. Kolegët e tij e ndjekin dhe e përqafojnë pesëfish.

"Më vjen mirë që të shoh, bir i Zotit! Shumë kohë pa e parë! Instinkti im i nënës më paralajmëroi për afrimin tënd, zonjën stërgjyshe.

Më vjen mirë! Më kujtohet aventura ime e parë. Kishte kaq shumë emocione. Mali, sfidat, shpella dhe udhëtimi në kohë kanë shënuar historinë time. Kthimi këtu më sjell kujtime të mira. Tani, unë sjell me vete dy luftëtarë miqësorë. Ata kishin nevojë për këtë mbledhje me të shenjtën.

"Si quheni, zonja? (Mbajtësi)

"Unë quhem Belinha dhe jam revizor.

"Unë quhem Amelinha dhe jam mësuese. Jetojmë në Arcoverde.

"Mirëserdhët, zonja. (Mbajtësi)

"Ne jemi mirënjohës! në të njëjtën kohë dy vizitorët me lot që u rrjedhin nga sytë.

"Edhe unë i dua miqësitë e reja. Të jem pranë zotërisë tim përsëri më jep një kënaqësi të veçantë nga ata të papërshkrueshëm. Vetëm njerëzit që dinë të kuptojnë se jemi ne të dy. A nuk është kështu, partner? (Renato)

"Ti nuk ndryshon kurrë, Renato! Fjalët e tua janë të paçmueshme. Me gjithë çmendurinë time, gjetja e tij ishte një nga gjërat e mira të fatit tim. Miku im dhe vëllai im. (Psikike).

Ata dolën natyrshëm për ndjenjën e vërtetë që ushqente për të.

"Ne jemi të përputhur në të njëjtën shkallë. Ja pse historia jonë është një sukses, — tha i riu.

"Është mirë të jesh pjesë e kësaj historie. Nuk e dija se sa i veçantë ishte mali në trajektoren e tij, i dashur shkrimtar "Amelinha tha.

"Ai është me të vërtetë i admirueshëm, motër. Përveç kësaj, miqtë e tu janë shumë miqësorë. Ne po jetojmë një trillim të vërtetë dhe kjo është gjëja më e mrekullueshme që ekziston. (Belinha)

"Ne ju falënderojmë për komplimentin. Megjithatë, ata duhet të jenë të lodhur nga përpjekjet e përdorura për t'u ngjitur. Si thua të shkojmë në shtëpi? Gjithmonë kemi diçka për të ofruar. (Zonja)

"Ne gjetëm rastin të kapnim bisedat. Më mungon shumë "Renato rrëfeu.

"Kjo është në rregull me mua. Është e mrekullueshme sa për zonjat, çfarë më thonë?

"Do ta dua! " Belinha pohoi.

"Po, shkojmë," pranoi Amelinha.

"Pra, le të shkojmë! " Zotëria përfundoi.

Grup fillon të ecë në mënyrë që të jepet nga ajo figurë fantastike. Tani, një goditje e ftohtë përmes skeleteve të lodhura të klasës. Kush ishte ajo grua, kush ishte ajo, që kishte fuqi? Pavarësisht nga kaq shumë momente së bashku, misteri mbeti i mbyllur si një derë për shtatë çelësa. Ata nuk do ta dinin kurrë sepse ishte pjesë e sekretit të malit. Njëkohësisht, zemrat e tyre mbetën në mjegull. Ata ishin të rraskapitur nga dhurimi i dashurisë dhe mos marrja, falja dhe zhgënjyes përsëri. Sidoqoftë, ose do të mësoheshin me realitetin e jetës, ose do të vuanin shumë. Prandaj, kishin nevojë për disa këshilla.

Hap pas hapi, do t'i kapërcesh pengesat. Në një moment, dëgjojnë një ulërimë shqetësuese. Me një shikim, shefi i qetëson. Kjo ishte ndjenja e hierarkisë, ndërsa shërbëtorët më të fortë dhe më me përvojë mbroheshin, shërbëtorët po ktheheshin me përkushtim, adhurim dhe miqësi. Ishte një rrugë me dy rrugë.

Mjerisht, ata do ta përballojnë ecjen me shumë dhe me butësi. Cila ishte ideja që kishte kaluar në kokën e Belinha? Ata ishin në mes të shkurreve të shkatërruara nga kafshë të këqija që mund t'i lëndonin. Përveç kësaj, në këmbët e tyre kishte gjemba dhe gurë me majë. Si çdo situatë ka pikëpamjen e saj, duke qenë se atje ishte i vetmi shans që ju mund të kuptoni veten dhe dëshirat tuaja, diçka deficit në jetën e vizitorëve. Shpejt ia vlejti aventura.

Në gjysmën tjetër të rrugës, ata do të bëjnë një ndalesë. Aty afër, kishte një pemishte. Ata po drejtohen për në parajsë. Duke iu referuar tregimit biblik, ata ndiheshin krejt të lirë dhe të integruar në natyrë. Ashtu si fëmijët, luajnë duke u ngjitur në pemë, marrin frutat, zbresin dhe i hanë. Pastaj meditojnë. Ata mësuan sapo jeta bëhet me anë të momenteve. Pavarësisht nëse janë të trishtuar apo të lumtur, është mirë t'i gëzojmë kur jemi gjallë.

Menjëherë pas kësaj, ata bëjnë një banjë freskuese në liqenin e ngjitur. Ky fakt shkakton kujtime të bukura të një herë e një kohë, të përvojave më të jashtëzakonshme në jetën e tyre. Sa mirë ishte të ishe fëmijë! Sa e vështirë ishte të rriteshe dhe të përballeshe me jetën e të rriturve. Jeto me gënjeshtrat, gënjeshtrën dhe moralin e rremë të njerëzve.

Duke ecur përpara, ata po i afrohen fatit. Në të djathtë të shtegut, tashmë mund të shohësh kërthizën e thjeshtë. Kjo ishte shenjtërorja e njerëzve më të mrekullueshëm dhe misteriozë në mal. Ata ishin të mahnitshëm nga ajo që provon se vlera e një personi nuk është në atë që zotëron. Fisnikëria e shpirtit është në karakter, në qëndrimet e bamirësive dhe këshillimit. Kjo është arsyeja pse ata thonë se më mirë një mik në shesh vlen sesa paratë e depozituara në një bankë.

Disa hapa përpara, ndalojnë përpara hyrjes së kabinës. A morën përgjigje për pyetjet e tyre të brendshme? Vetëm koha mund t'i përgjigjej kësaj pyetjeje dhe pyetjeve të tjera. Gjëja e rëndësishme në lidhje me këtë ishte se ata ishin atje për çdo gjë që vjen dhe shkon.

Duke marrë rolin e mikpritëses, kujdestari hap derën duke i dhënë të gjithë të tjerëve hyrjen në brendësi të shtëpisë. Ata hyjnë në kubiken unike të kotë duke parë gjithçka në pajisjen e madhe. Atyre u bën përshtypje kënaqësia e vendit të paraqitur nga zbukurimet, objektet, mobilet dhe klima e misterit. Në mënyrë kontradiktore, në atë vend kishte më shumë pasuri dhe shumëllojshmëri kulturore se në shumë pallate. Prandaj, mund të ndihemi të lumtur e të plotë edhe në mjedise të përulura.

Një nga një, do të vendoseni në vendet që janë në dispozicion, përveç kuzhinës së Renato, përgatitni drekën. Klima fillestare e ndrojtjes është thyer.

"Do të doja të njihja më mirë, vajza. (Kujdestari)

"Ne jemi dy vajza nga Arcoverde Qyteti. Të dy u vendosën në profesion, por humbësit në dashuri. Që kur u tradhtova nga partneri im i vjetër, jam zhgënjyer, rrëfeu Belinha.

"Kjo është kur vendosëm të ktheheshim tek burrat. Bëmë një pakt për t'i joshur dhe për t'i përdorur si objekt. Nuk do të vuajmë më kurrë. (Amelinha)

"Unë do t'i mbështes të gjithë ata. I takova në turmë dhe tani erdhën të na vizitonin këtu, dhe kjo detyroi të mbinte pjesa e brendshme.

"Interesante. Ky është një reagim i natyrshëm ndaj vuajtjeve të zhgënjyera. Megjithatë, nuk është mënyra më e mirë për t'u ndjekur. Të gjykosh një lloj të tërë nga qëndrimi i një personi është një gabim i qartë. Secili ka individualitetin e vet. Kjo fytyrë e shenjtë dhe e paturpshme e jotja mund të krijojë më shumë konflikte dhe kënaqësi. Ju takon juve të gjeni pikën e duhur të kësaj historie. Ajo që mund të bëj është mbështetja siç bëri miku yt dhe u bë një aksesor i kësaj historie analizoi shpirtin e shenjtë të malit.

"Do ta lejoj. Dua të gjej veten në këtë faltore. (Amelinha)

"Edhe unë e pranoj miqësinë tënde. Kush e dinte që do të isha në një telenovelat fantastike? Miti i shpellës dhe i malit duket i tillë tani. Mund të bëj një dëshirë? (Belinha)

"Sigurisht, i dashur.

"Njësitë malore mund të dëgjojnë kërkesat e ëndërrimtarëve të përulur siç më ka ndodhur mua. Ki besim! ka motivuar birin e Perëndisë.

"Unë jam aq i pabesuar. Por nëse thua kështu, do përpiqem. Kërkoj një përfundim të suksesshëm për të gjithë ne. Secili nga ju le të realizohet në fushat kryesore të jetës. (Belinha)

"Unë e lejoj atë! " Bubullimë një zë të thellë në mes të dhomës".

Të dyja prostitutat kanë bërë një kërcim në tokë. Ndërkohë, të tjerët qeshën dhe qanë për reagimin e të dyve. Ky fakt kishte qenë më shumë një veprim fati. Çfarë befasie! Askush nuk mund ta kishte parashikuar se çfarë po ndodhte në majë të malit. Meqë në skenë kishte vdekur një indian i famshëm, ndjesia e realitetit i kishte lënë vend të mbinatyrshmes, misterit dhe të pazakontës.

"Çfarë dreqin ishte ai bubullimë? Po dridhem deri tani. (Amelinha)

"Dëgjova se çfarë tha zëri. Ajo konfirmoi dëshirën time. Po ëndërroj? (Belinha)

"Mrekullitë ndodhin! Me kalimin e kohës, do ta dish saktësisht se ç'do të thotë ta thuash këtë. "E ka dëfrye mjeshtrin".

"Unë besoj në mal dhe ju duhet të besoni gjithashtu. Me anë të mrekullisë së saj, unë qëndroj këtu i bindur dhe i sigurt për vendimet e mia. Nëse dështojmë një herë, mund ta fillojmë nga e para. Ka gjithmonë shpresë për ata që janë gjallë. "Siguroi shamanët e psikikës duke treguar një sinjal në çati".

"Një dritë. Çfarë do të thotë kjo? në lot, Belinha.

"Ajo është kaq e bukur, e shndritshme dhe e folur. (Amelinha)

"Kjo është drita e miqësisë sonë të përjetshme. Edhe pse zhduket fizikisht, ajo do të mbetet e paprekur në zemrat tona. (Kujdestar)

"Ne jemi të gjithë të lehtë ndonëse në mënyra të shquara. Fati ynë është lumturia- konfirmon psikikën.

Aty vjen Renato ja dhe bën një propozim.

"Është koha të dalim dhe të gjejmë disa miq. Ka ardhur koha për argëtim.

"Mezi po e pres atë. (Belinha)

"Çfarë po presim? Është koha. (Amelinha)

Kuarteti del në pyll. Ritmi i hapave është i shpejtë ajo që zbulon një ankth të brendshëm të personazheve. Mjedisi rural i Mimoso kontribuoi në një shfaqje të natyrës. Çfarë vështirësish do të hasje? A do të ishin të rrezikshme kafshët e egra? Mitet e malit mund të sulmonin në çdo kohë që ishte mjaft e rrezikshme. Por guximi ishte një cilësi që e mbanin të gjithë atje. Asgjë nuk do ta ndalte lumturinë e tyre.

Erdhi koha. Në ekipin e pasurive, ishte një zezak, Renato dhe një person me flokë bionde. Në skuadrën pasive ishte Divine, Belinha dhe Amelinha. Ekipi u formua; argëtimi fillon mes jeshiles gri nga pyjet e vendit.

Djaloshi i zi shkon me Hyjnoren. Renato shkon me Amelinha dhe biondja takon Belinha. Seksi në grup fillon me shkëmbimin e energjisë midis të gjashtëve. Ishin të gjithë për një. Etja për seks dhe kënaqësi ishte e zakonshme për të gjithë. Pozicione të ndryshme, secili prej tyre përjeton ndjesi unike. Ata provojnë seksin anal, seksin vaginal, seksin oral, seksin në grup midis modaliteteve të tjera të seksit. Kjo tregon se dashuria nuk është mëkat. Është një tregti e energjisë themelore për evolucionin njerëzor. Pa ndjenja faji, ata e shkëmbejnë shpejt partnerin, i cili siguron orgazma të shumta. Është një përzierje ekstazë që përfshin grupin. Kalojnë orë të tëra duke bërë seks derisa të lodhen.

Pasi të përfundojnë të gjitha, ata kthehen në pozicionet e tyre fillestare. Kishte ende shumë për të zbuluar në mal.

Fundi

www.ingramcontent.com/pod-product-compliance
Lightning Source LLC
LaVergne TN
LVHW021811240826
846425LV00002B/4

9786599996719